柳 広司

ラスト・ワルツ

KOJI YANAGI

LAST WALTZ

KADOKAWA SHOTEN

角川書店

ラスト・ワルツ

目次

装画　森　美夏
装丁　鈴木久美

アジア・エクスプレス

あじあ【亜細亜】

紀元前八世紀頃、古代フェニキア人たちはエーゲ海の東を「アス」ａｓｕ（「東」「日の出」の意）、西を「エレブ」ｅｒｅｂ（「西」「日没」の意）と呼んでいた。後にラテン語の接尾語「イア」ｉａがついて、あじあ（Ａｓｉａ）の語が生まれたといわれる。

1

満鉄特急〈あじあ〉号は満州の首都・新京《しんきょう》を定時に発車した。

ハルビン＝大連間、約九百五十キロ。かつてバーナビー卿を団長とする英国人視察団一行を驚嘆せしめた〝時刻表ぴったり〟の定刻運行は、大陸各地に戦火が広がったいまもなお健在だ。

列車最後尾、一等客室中ほどの席に座った瀬戸《せと》礼二《れいじ》は、新聞のページをめくりざま前方にちらりと視線を走らせた。

瀬戸の二つ前、通路を挟んだ席に中年の白人男性の姿が見える。丸顔、小太り。くすんだ灰色の髪は薄くなり始めている。鳶《とび》色の瞳《ひとみ》と長い鼻は、典型的なスラブ系民族の特徴だ。男が身につけている洒落《しゃれ》たグレーのスーツは仕立て屋に誂《あつら》えさせたものだろう、生地も悪くない。

新京から〈あじあ〉に乗ってきた男は、そわそわとして落ち着きがなかった。頭がひっきりなしに細かく動き、通路に半《なか》ばはみ出た茶色の靴先が無意識に床を叩《たた》き続けている……。

——馬鹿め。

瀬戸は新聞に目を落としたまま、心の中で舌打ちをした。

――それじゃ〝私は裏切り者です〟と触れ回っているようなものだ。

男の名はアントン・モロゾフ。在満ソ連領事館に勤務する二等書記官だ。

半年程前。

瀬戸は、ハルビンの夜の街で踊り子にうつつをぬかしていたモロゾフに近づき、最初は金と甘言で、その後は脅迫を交えて彼を掌握した――裏の世界の言葉で言えば〝燃やした〟。

以来モロゾフは、相応の金と引き換えにソ連の内部情報を密かに瀬戸に流してきた。

モロゾフの側から連絡があったのは三日前。

満州で発行されている英字新聞〈マンチュリア・デイリー・ニュース〉の「尋ね人欄」に、ある人物の名前が掲載された。事前に決めておいた緊急連絡方法だ。

〝最重要、大至急〟

そう連絡してきたモロゾフは、同時に、情報の対価としてこれまでにない金額を「連絡先の電話番号」の形で要求してきた。暗号変換の際にゼロの数を間違ったのでなければ、極めて重要な秘密情報ということだ。

モロゾフが同じ新聞紙上で、やはり暗号で伝えてきた接触場所《ランデヴー》は満鉄特急〈あじあ〉号。

瀬戸は自ら情報を受け取るべく指定日時の〈あじあ〉に乗車した。

モロゾフは瀬戸の顔を知らない。否、たとえ知っていたとしても、スパイの訓練を受けていない一般人が、変装した瀬戸を見分けることはまず不可能だろう。接触の際は、予《あらかじ》め決めた合言葉でお互いを確認することになっていた。

新京駅を出発してから一時間二十分後。〈あじあ〉は定刻どおりに四平街《しへいがい》駅に到着。四分の停車の後、再び滑《なめ》らかに動き出した。四平街駅は専《もっぱ》ら水と石炭の補給駅だ。人の乗り降りはほとんど見られない。

ふたたび動き出した〈あじあ〉が一定速度に達するのを待ちかねたように、モロゾフが席を立った。振り返った顔は相変わらず青白い。が、体の小刻みな震えは収まっていた。ようやく覚悟を決めたのだろう。

モロゾフは畳んだ新聞を手に洗面所に向かう――。

打ち合わせどおりの合図だ。

瀬戸は顔の前に広げた新聞に視線を向けたまま、ゆっくりと数をかぞえた。連続した人の動きは周囲の記憶に残りやすい。注目を集める行動は、どんなものでも極力避けるべきだった。

……十八、十九、二十。

おもむろに新聞を畳み、手の中に隠し持った小型の鏡を使って背後の状況を確認する。

モロゾフと入れ違うように、洗面所の方から鳥打ち帽を目深にかぶった細身の男が歩いてくるのが見えた。真夏だというのに黒ずくめの服装。男はそのまま〈あじあ〉唯一の個室である一等特別室のドアを開けて、中に姿を消した。

瀬戸は一瞬違和感を覚えて眉《まゆ》を寄せた。

すぐに何気ない様子を装って、席を立った。

特別室の扉は閉まっていた。中の様子は窺《うかが》えない。前を通り過ぎ、洗面所に向かった。

一等客室と二等客室間の通路に洗面台が二台並んで設けられている。予定では、並んだ洗面台で身なりを整えながら、偶然乗り合わせた乗客同士の挨拶《あいさつ》と世間話を装った合言葉で互いを確認。その後、情報の受け渡しが行われる手筈《てはず》だ。

洗面所にモロゾフの姿が見えなかった。

瀬戸はいったん通路に出て、左右を確認した。左は一等客室、右が二等客室だ。ともに通路に人の動く気配はない。無論、モロゾフが二等客室を抜けて、その先にある食堂車に行った可能性も否定できない。だが——。

瀬戸はゆっくりと振り返った。

洗面所の隣に設けられた個室トイレのドアが閉まっていた。表示は「空き」だ。レールの継ぎ目を通過する際のわずかな振動に応じて、ドアがカタカタと音を立てた。

瀬戸はドアの把手《とって》に手をかけ、薄く押し開けた。

モロゾフが中で倒れていた。

すばやく左右に視線を走らせる。

〝ドアの内側で倒れている人影〟は、裏の世界でしばしば用いられる定番の罠《わな》だ。慌てて飛び込んで命を落とした者たちの轍《てつ》を踏むわけにはいかなかった。

トラップの存在に注意を払いながら、ドアの隙間から体を滑り込ませた。

手を伸ばし、横ざまに倒れたモロゾフの脈を確かめる。

モロゾフはすでに事切《こと》れていた。右手でシャツの左胸を強くつかみ、何かに驚いたように目を大きく見開いている。

心臓麻痺《まひ》――。

一見、そう見える。疑わしい点はない。おそらく解剖しても同じ所見になるはずだ。

だが、この二カ月で三人、瀬戸の周囲で立て続けに人が死んだとなれば話は別だった。

一人はレストランで食事中に突然倒れ、もう一人は自宅の玄関先で倒れているのを発見された。

死因はいずれも心臓麻痺。

死んだ二人に面識はなかった。共通点はただ一つ、瀬戸が運用するエージェント――ソ連の内部情報提供者だったということだ。

モロゾフで三人目。

死体を調べた瀬戸は、モロゾフの首に小さな傷を見つけた。針が刺さったような跡。探していたのでなければ、見過ごしたに違いない。

やはり、検出不能の毒か……。

瀬戸は立ち上がり、左右を見回した。モロゾフが席を立つ時に持っていたはずの新聞は、どこにも見当たらなかった。

いずれにしても、これ以上の長居は無用だ。

その場にモロゾフを残して立ち去りかけた瀬戸はふと、死者の上着のポケットからカードが一枚、半ば覗《のぞ》かせていることに気がついた。

指先で慎重にカードをつまみ出す。

タロット・カード。占いなどに使われる種類の札だ。絵柄は――。

〝吊《つ》るされた男〟。カードに描かれた男の手には金袋《かねぶくろ》が握られている。

カードの意味は「ユダ」。

〝キリストを売った反逆者〟だ。

瀬戸は引き絞るように目を細めた。

これでもう一つ共通点ができた。

三人の死体からタロット・カードが見つかった。しかも、絵柄はいずれも〝吊るされた男〟だ。

三度は偶然とは言わない。

心臓麻痺に見せかける検出不能の毒が使われ、しかも「裏切り」と「死」を意味するカードが発見された。三人の情報提供者は、いずれもソ連の秘密諜報《ちょうほう》機関〈スメルシュ〉に殺されたと見て間違いあるまい。

スメルシュ《SMERSH》。

〝スメルト・シュピオナム（スパイに死を！）〟を意味するロシア語に由来する、文字通り

「スパイ殺し」を目的としたソ連の秘密諜報機関だ。その存在はいまだ謎のベールに包まれている——。

モロゾフが殺されたのは〈あじあ〉が四平街駅を出た後。

この列車に暗殺者が乗っているということだ。

モロゾフの死体を残して個室を出た瀬戸は、洗面所の鏡で服装を確認し、何事もなかったかのように通路を歩きだした。

〈あじあ〉は満州の曠野《こうや》を疾走する。

次の停車駅は奉天《ほうてん》。

奉天までの約二時間。

誰もこの列車を降りられない。

2

〃大東亜文化協会満州支部事務員〃

それが瀬戸の表向きの顔だった。

実際、新京の事務所では「満州国を世界に伝える」パンフレットを作成している。

駅前広場近くのビルに借りた事務所に毎日定時に出社し、定時に退社。伸ばした髪をきちんとなでつけ、地味な色の背広にソフト帽、腕にステッキをぶら下げ、顔見知りに出会えば愛想よく挨拶を交わす瀬戸を見て、彼が日本帝国陸軍所属の高級将校だと、ましてや日本陸軍のスパイだと疑う者は誰ひとりいないだろう。

だが、周囲の者たちが目にしているのは〝瀬戸礼二〟という偽装用の仮面なのだ。名前すら仮のものでしかない。

満州国の首都・新京における情報収集任務——それが瀬戸のスパイとしての本当の貌《かお》だ。

満州国は謀略の国。

昭和六年。柳条湖における鉄道爆破事件をきっかけに日本の関東軍は満州（中国東北部）に軍事行動を展開、たちまち満州全域を占領した。翌昭和七年、満州〝独立〟国建国。その後、清朝最後の皇帝溥儀《ふぎ》が満州国皇帝に即位したわけだが——。

一連の騒ぎはすべて、関東軍特務機関による自作自演、いわば茶番だった。きっかけとなった鉄道爆破事件が関東軍の仕業だという噂は、事件発生当時から広く囁かれていた。

当時の日本政府並びに陸軍参謀本部の方針は〝中国戦線不拡大〟。満州の領有化にも反対だった。だが、関東軍はこの方針を無視。謀略を巡らせ、既成事実を作り上げることで、政府や軍中央の方針とは別の〝現実〟を無理やり作りあげた——満州国という国家を。

奇妙なことに、今では日本の政治家や参謀本部は現状追認のみならず、「満州は日本の生命線だ」などと言い始めている。「関東軍特務機関は諜報機関の鑑《かがみ》、彼らこそが日本のスパイのあるべき姿だ」などと利《き》いたふうな口をきく連中さえいる。

だが、スパイの活動は関東軍特務機関の謀略などとは、本来まるで別物なのだ。

複雑な状況の中で最善の選択を行うための極秘情報を入手、分析を行うのが本来のスパイの諜報活動だ。状況を無視し、見え透いた自作自演の茶番で既成事実を作り出す謀略とは、正反対と言っても良い。

謀略から生まれた新しい国〝満州国〟は様々な歪《ゆが》みを国内外に生み出していた。国際社会の非難が集中し、日本は国際連盟から離脱を余儀なくされた。満州国内では様々な利権が入り乱れ、複数の公的捜査機関が乱立。激しい縄張り争いを繰り広げている。その隙に、各国のスパイが満州に入り込み、闇の中を魑魅魍魎《ちみもうりょう》の如く蠢《うごめ》いていた。

満州国で情報提供者《エージェント》を運用し、情報網を維持管理するのは、恐ろしく複雑かつ非常に困難な任務だ。決して目立つことのない、そのくせ、特務機関が企てる謀略などとはおよそ比べ物にならないほど高い能力を要求される。

〝瀬戸礼二〟と書かれたファイルは、新京での任務を命じられた際にはじめて渡された。一人の人物の生い立ちから友人関係、学歴、特徴、癖、趣味、服装や食べ物の好みといった、ありとあらゆる情報が事細かに記された分厚いファイルだ。

――完璧《かんぺき》にコピーしろ。疑われた時点で、スパイは終わりだ。

机の上にファイルを滑らせて寄越した相手が、逆光の中、黒い影となって浮かび上がる……。

できるか？

とは訊《たず》ねられなかった。

〝瀬戸〟はファイルから顔を上げ、唇の端にかすかな笑みを浮かべた。

できて当然――。

その自負がなければ、この男の下でスパイなど務まらない。


結城《ゆうき》中佐。

かつて日本帝国陸軍の伝説的なスパイだったと噂される人物だ。

結城中佐が設立した陸軍秘密諜報員養成所――通称〈D機関〉――は、日本陸軍史上類を見ない特殊な組織だった。

日本軍では古くから、軍人を〝我《われ》ら〟、軍人以外の一般人を〝奴《やつ》ら〟もしくは〝地方人《ちほうじん》〟と呼んで蔑視《べっし》する風潮がある。ことに陸軍においてその傾向は甚《はなは》だしく、陸軍幼年学校から陸軍士官学校、陸軍大学校を出た一部の生え抜き《エリート》たちが無条件に尊《とうと》ばれ、参謀本部に入って軍の方針を決定してきた。そんな中、結城中佐は一般の大学を出た者たちをスカウトし、スパイを養成する方針を打ち出したのだ。

D機関設立に当たって、陸軍内では強い抵抗があったという。

――地方人に何ができる。

――軍の大事な機密を、外の奴らに任せられるか。

吐き捨てるように言う陸軍幹部も少なくなかった。

逆風の中、結城中佐は実質上たった一人でD機関を立ち上げ、その後目を瞠《みは》るような実績を上げて周囲の雑音をねじ伏せてきた。

――日本の軍人教育を受けてきた者たちにスパイ任務は不可能だ。

結城中佐はD機関に集められた者たちを前に冷ややかな声で言い放った。

「陸軍の教育機関で一貫してたたき込まれる軍人精神とは、畢竟《ひっきょう》〝上意下達《じょういかたつ》の徹底〟と〝敵を殺し、あるいは敵に殺される覚悟〟に過ぎない。言い換えれば〝自分の頭で考えることの放棄〟と〝反社会性の無条件な血肉化〟だ。どちらも、戦場以外ではおよそ役に立たない代物だ。平時に活動するスパイの任務に彼らは不適当。単独で行動するスパイは、軍隊組織の中で上から命令されて動く軍人とは根本的に異なる。諜報活動はむしろ、外の社会で高い教育を受け、広い視野を持った者たちにしかできない」

その言葉通り、D機関での訓練は多岐にわたった。

医学、薬学、心理学、物理学、化学、生物学などの最先端の知識の修得が義務づけられる一方で、様々な人物が講師として招かれた。服役中の掏摸《すり》の名人、金庫破り、手品師、ダンス教師、変わったところではプロのジゴロによる女性の口説き方の実演が行われたこともある。

どんな行動も常に完璧を求められた。

単独で行動するスパイにとっては、ごく些細《ささい》な、たった一つのミスが命取りになりかねない。

その仮借ない現実が皮膚感覚となるまで、訓練は徹底的に行われた。

——死は最悪の選択肢だ。

D機関での訓練中、瀬戸は何度もその言葉を耳にした。

「絶望的な状況下において、自死は最も安易な選択肢だ。その結果得られるのは自己満足だけだ。自死による成果はゼロ、もしくはマイナスだ。貴様たちの任務は生きて情報を持ち帰ること。そのためには、いかに絶望的な状況下に置かれようとも、最後まで生き延びるための可能性を追求しろ。心臓が動いているかぎり、必ず情報を持ち帰れ。死んだスパイなど、任務に失敗した惨めな負け犬に過ぎない」

結城中佐は訓練生たちを見渡し、一片の感情も含まない覚《さ》めた口調でそう言った。

自己陶酔や自己憐憫《れんびん》の徹底的な否定。

その先にしか、スパイの任務は成立しない。

「殺す」こともまた、スパイにとっては最悪の選択肢だという。

なぜなら、平時において殺人は最も周囲の人びとの関心を集める〝事件〟だ。捜査機関が動き出し、周囲の人たちの好奇の視線に晒され続ける。その結果、スパイの偽装にほころびが生じる。秘密が芋づる式に暴き出される。事件に関与したスパイは正体を暴かれ、あるいは周囲の人たちから疑いの目で見られることになる。疑われた時点で任務は失敗だ。

目立たないこと。人々の注意を引かない影のような存在に徹すること。

〝灰色の小さな男《グレイ・リトル・マン》〟

それがスパイの理想像だ。

だとすれば、〝敵を殺し、あるいは自ら死ぬこと〟を職業とする軍隊組織の中で、死を否定する結城中佐の思想はすでに異端だった。箱の中の腐った林檎《りんご》は周囲を腐らせる。陸軍上層部の連中が彼を忌み嫌ったのも故なきことではない。おかげで最初はろくな予算もつかず、かつて軍が使用していた古い鳩舎《きゅうしゃ》を貰《もら》い下げ、急遽《きゅうきょ》改築した建物が〈諜報員養成所〉として用いられていたほどだ。

＊

訓練の一環として、D機関内でフェンシングの試合が開催されたことがあった。

訓練内容を告げられた瞬間、瀬戸は周囲の者たちには気づかれぬよう面《おもて》を伏せ、唇の端にかすかに笑みを浮かべた。

――今回ばかりは楽勝だ。

英国オックスフォード大留学中、瀬戸はフェンシングで負け知らずだった。否、何についても向こうの連中に劣っていた点があるとは思えない。だが、表の顔はともかく、イギリス人学生たちは瀬戸を馬鹿にしていた――そもそも馬鹿にしてさえいなかった。慇懃《いんぎん》な英国紳士の仮面の下で、彼らは東洋人を取るに足らないものとして見下していた。ほとんどのイギリス人学生は日本と中国と朝鮮の区別がつかなかった。彼らにとって日本は「極東にある得体の知れない国」であり、日本の留学生が何をしようが、何を言おうが、〝関係のないこと〟だったのだ。

そんな連中を、瀬戸はフェンシングでたたきのめした。

肉体を襲う物理的な暴力を無視することは何人《なんぴと》にとっても不可能だ。

瀬戸の攻撃は容赦なかった。急所を狙い、ほとんどの場合、相手を一撃で仕留めた。強烈な瀬戸の突きをくらって悶絶《もんぜつ》、失心した者も少なくない。

試合の後、面の下から東洋人の顔が現れると、相手は驚愕《きょうがく》の表情を浮かべた。見下していた東洋人に打ち負かされたことにはじめて気づき、呆然《ぼうぜん》とする連中の顔を見るのは痛快だった。


実を言えば、瀬戸の強さには理由があった。

珍しい左利き《サウスポー》。

さらに独自に工夫を加えた変則的な剣捌《さば》きに、ほとんどの相手は対応できない。特に初めて対戦する相手は戸惑い、混乱している間に〝串刺《くし》し〟にされた。

負けるわけがない。そう高を括《くく》っていた。

だが、D機関で行われたフェンシングの試合で、瀬戸は一度も勝てなかった。

例えば、最初の試合。

面を着け、型通りに挨拶を交わして後、瀬戸はいきなり仕掛けた。サウスポーの利を生かした得意の奇襲戦法だ。

だが、対戦相手は変則的な突きをなんなく躱《かわ》し、逆にがら空きになった瀬戸の胴に正確な突きを入れた。

（馬鹿な……）

気を取り直し、もう一度最初からやり直した。

何度やっても同じだった。左利き特有の変則的な攻撃は、しかし、まったく通用しなかった。試合相手は平然として瀬戸が繰り出す剣を躱し、撥《は》ね上げ、逆に鋭い一撃で瀬戸を打ち負かした。

瀬戸の動きは事前に徹底的に研究され、充分な対策が練られていた。そうとしか考えられなかった。だが、いったいなぜそんなことが――。

首を捻《ひね》った瀬戸は、ふいに「あっ」と小さく声を上げた。

次の対戦相手に結城中佐が耳打ちをしていた。全員に、だ。ということは――。

これは瀬戸一人をターゲットにした訓練ということだ。

その後も何度か相手を替えて行われた三本勝負の試合で、瀬戸は結局一本も取れなかった。

全ての試合を終え、面を外すと、息が上がっていた。身体的な疲労のせいではない、精神的屈辱のためだった。

視線に気づき、顔を上げると、結城中佐が光のない暗い瞳で瀬戸を見つめていた。

視線を返し、無言で頷《うなず》いて見せた。

結城中佐はニヤリと笑い、踵《きびす》を返して姿を消した。

訓練の意図は明らかだった。

絶対の自信を持っていたフェンシングで、瀬戸は完膚《かんぷ》無きまでに打ちのめされた。

理由は、それが瀬戸にとって得意分野だったからだ。致命的な失敗は、むしろ自身が得意とする分野で起こりやすい。得意な形に持ち込めば何とかなる。そう考えて、事前の準備を無意識に怠るためだ。結城中佐は瀬戸のオックスフォードでの経歴を調べ、フェンシングが瀬戸の〝裏返しの弱点〟になっていることを見抜いた。だからこそ、わざわざフェンシングの試合で瀬戸の自信を打ち砕いた――。

情報戦を疎《おろそ》かにすれば、敗北が待つだけだ。

そのことを、瀬戸は屈辱とともに心に刻んだ。おそらく他の訓練生たちも、全員が、何らかの形で自分では気づかない弱点を結城中佐に指摘され、衝撃とともに現実を受け入れる機会があったはずだ――。

D機関での訓練は時に苛《か》烈《れつ》を極めた。

ある時は冷たい水の中を着衣のまま泳ぎ、その後、夜通し仮眠も取らずに移動した後、前日に丸暗記させられた複雑極まりない暗号を自然な言語のように使いこなすことを要求された。自白剤を打たれた上での、厳しい尋問訓練を受けたことさえある。

徹底的に自分の頭で考えること。死地において頼れるのは己の精神と肉体だけだ。

いやというほどその事実を突き付けられた。

精神と肉体の極限を要求される高度な訓練を、瀬戸を含む訓練生たちは、しかし顔色一つ変えることなくやり遂げた。

かつて結城中佐には同じことができた、と知っていたからだ。

――このくらいのことは自分にもできて当然。

逆に言えば、そう思うほどにプライドの高い連中が集められたということだ。

〝いかに自分の手の内のカードを読ませず、相手が持っている手札の情報を手に入れるか〟闇の中で人知れず行われる無言の駆け引きこそがスパイ同士の闘いとなる。スパイ自体が非合法《イリーガル》な存在だ。法律やルール、あるいは倫理観といったものは一切関係ない。ただ、自他を問わず、死体を出した場合のデメリットを冷静に計算すれば（スパイとしての正体を暴かれる。苦労して作り上げ、運用してきた情報網が壊滅する）、スパイ同士の闘い方は必然的に決まってくる。そのはずなのだ。しかし――。

やっかいだな。

〈あじあ〉の食堂車に腰を下ろした瀬戸は、〝吊るされた男〟のタロット・カードを指先で弄《もてあそ》びながら、眉を寄せた。

相手がソ連のスパイ組織〈スメルシュ〉の一員だとすれば、話は変わってくる。

ソビエト社会主義共和国連邦――通称〝ソ連〟――は一九一七年のロシア革命を経て、一九二二年に世界最初の社会主義国家として成立した。

ソ連のスパイは、他国のスパイたちとはある一点において決定的に異なっている。

〝共産主義革命の理念がすべてに優先する〟

思想、信条、信念、イデオロギー。

何と呼ぼうと勝手だが、一つ言えるのは、彼らにスパイとしての利害や取り引き、損得計算は通用しないということだ。

ソ連のスパイは、共産主義革命——労働者による平等な社会の実現——を守るためなら殺人をも躊躇《ちゆうちよ》しない。スパイとしての正体を暴かれることも、あるいは任務に失敗した負け犬となることも恐れない。

共産主義革命のために生きるか、死ぬか。

そう信じて疑わない連中相手に、本来のスパイ同士の駆け引きは通用しない。

——要は、昨今の日本の軍人どもと同じだ。

瀬戸はカードを指で弾《はじ》いて、自嘲的に笑った。

昨今の日本軍の連中も皇国史観《こうこくしかん》とやらに凝り固まり、疑うことをしない。〝日本は万世一系の天皇を頂く神の国〟。由来はともかく、唯一無二の国家像として神輿《みこし》の上に担ぎあげられたのは、ごく最近のことだ。文明の空間的膨張の必然を主張する欧米列強の帝国主義に対抗し、〝時間軸における正統性〟を主張した観念的国家観——アジアにおける日本の国益を守るために編み出された、いわば苦肉の策だ。

尤《もつと》も、どんな観念であろうとも有効に機能する間は利用すれば良い。「すべての歴史は所詮《しよせん》は虚構だ」と悪く開き直ることもできる。だが、このところの日本の軍部には観念のみが一人歩きし、皇国史観を国益に優先させようとする者たちが数多く見受けられる。本末転倒。少なくとも天皇と聞くだけで思考停止に陥るようでは話にならなかった。

その傾向はいまや、日本の政治家や国民の間にも広く浸透しつつある。共産主義がすべてに優先するソ連の連中を笑ってばかりもいられない……。

腕時計に目をやり、時間を確認する。

奉天まであと二時間を切った。

モロゾフの死体はトイレの個室に残したままドアを閉め、ペン先を使って外から鍵《かぎ》をかけてきた。しばらくは時間を稼げるはずだ。

モロゾフを殺した相手が今もこの列車に乗っている。

瀬戸はふとあることを思い出して、眉を寄せた。

さっき特別室の前を通ったさい、かすかに煙草の匂いがした。

あれは「鷗《チャイカ》」だ。分厚い手袋をはめたまま吸えるよう、吸い口の部分が本体の倍以上も長いのが特徴の紙巻き煙草で、専らハルビンなど北の地域で売られている。逆に、南の大連辺りではほとんど見かけない。「鷗《チャイカ》」を吸うのは、ほぼロシア人に限られる——。

脳裏に、一瞬手鏡に映った黒ずくめの男の姿が甦《よみがえ》った。

真夏だというのに全身、黒ずくめの服装。目深に被《かぶ》った鳥打ち帽のせいで顔は見えなかった。モロゾフが向かった洗面所の方から歩いてきたあの男は、すぐに特別室に入って扉を閉めた。タイミング的には洗面所でモロゾフと会っている可能性が高い……。

「ゴ注文ハ、何ニナサイマスカ?」

顔を上げると、ウェイトレスの制服を着た少女が注文表を手に、小首を傾《かし》げるようにして瀬戸を見つめていた。

〈あじあ〉食堂車で働くウェイトレスは、全員が金髪、碧眼《へきがん》、手足のすらりと長いロシア人の少女たちだ。〈あじあ〉を運行するに際して〝国際列車の雰囲気を醸し出すため〟に、満鉄が打ち出した採用基準だ。噂では、会社幹部がわざわざハルビンに出向いて面接を行い、見た目だけでなく、〝家柄のきちんとした〟少女たちを採用しているという。採用条件は「日本語が話せること」。緑色のワンピースに白いエプロンの制服姿の少女たちは、乗客からの評判も上々だ。

瀬戸はにこりと笑顔を返し、メニューを一瞥《いちべつ》して〝あじあカクテル〟を注文した。他の乗客と同じものを注文しておけば記憶に残りづらい。

「カシコマリマシタ」

ウェイトレスの少女が一礼して立ち去った後、瀬戸はふたたびカードをテーブルの上に取り出した。

金袋を手に吊るされた男。

〝裏切り者に死を〟

相手は、心臓麻痺に見せかけて殺す検出不能の毒物を持ったプロの殺し屋だ。

瀬戸は顔を上げ、窓の外の流れ行く満州の景色に視線をむけて自問した。

どうする？

〈あじあ〉の窓ガラスに、黒い影のような結城中佐の姿が一瞬浮かんだ気がして――すぐに見えなくなった。

3

窓ガラスに、白い顔が浮かんだ。

二つ。

さらに、もう一つ。

子供の顔だ。

振り返ると、テーブルの上に半ば顔を覗かせるようにして男の子が三人、瀬戸の様子をじっと窺っていた。年齢は上から順に十歳、八歳、一番下は五歳位。円《つぶ》らな黒い瞳。髪型は揃いも揃って同じような〝坊ちゃん刈り〟。日本人の子供だ。面立ちが似ているところを見ると、兄弟か従兄弟《いとこ》といったところか。

三人の子供たちの視線が瀬戸の手元に釘付《くぎづ》けになっている。

瀬戸は思わず苦笑を漏らした。

無意識のうちに指先でカードを〝さばいて〟いたらしい。

D機関での訓練中、プロの手品師が講師として招かれたことがあった。プロの手品師が披露する様々な手品のトリックを訓練生たちはほとんど一目で見破った——それだけではない。手品師がカードやコインを扱うさいの独特の滑らかな手捌きをたちまちコピーし、プロの手品師以上に見事にカードやコインを〝消して〟見せたのだ。講師に招かれた手品師は呆《あき》れたように首を振りながら帰っていった。

そのときの癖が出た。

動きの読めないソ連のスパイへの対応を思案していたとはいえ、一瞬でも無防備な状態を作ったのはスパイとして完全なミスだ。尤も、殺気を感じさせない子供たちだからこそ、瀬戸が周囲に張り巡らせた意識の網にかかることなく近づくことができたとも言える。

どんな理由にせよ、素顔を見られたのはまずかった。このままでは、どこで何を喋《しゃべ》られるかわかったものではない。ならば——。

手なずけて、味方にするまでだ。

瀬戸はいったん〝消した〟カードを指先に再び〝出現〟させた。子供たちに手招きをし、空いた椅子を指さして、三人にそれぞれ座るよう身振りで伝えた。

子供たちは顔を見合わせ、目配せを交わした。テーブルの陰から恐る恐る姿を見せた三人は、〈あじあ〉に乗るということで〝よそ行き〟の恰好《かっこう》をさせられたのだろう、揃いも揃って半袖《そで》の白シャツに紺色の半ズボン——まるでロシア伝統の入れ子人形《マトリョーシカ》を見るようだ。

最年長の子供が思い切った様子で瀬戸に近づき、隣の椅子に座った。下の子供たちにも向かいの椅子に座るよう指示する。上二人が兄弟、一番下は従兄弟の関係のようだ。

「ねえ、おじさん」

真ん中の年の男の子がテーブルごしに身を乗り出し、声を潜めるようにして訊ねた。

「おじさんは、本物の魔術師なの？」

「残念ながら、おじさんは本物の魔術師じゃない。趣味で手品をやってるだけだよ」

肩をすくめて答えた瀬戸は、ぐるりと周囲を見回して、逆に子供たちに訊ねた。

「きみたちの親御《おやご》さんは？」

瀬戸の質問に、一番下の子供が体ごと振り返って、少し離れたところのテーブルを無言で指さした。

子供たちの母親らしき二人の女性が差し向かいで座り、お喋りに興じているのが見えた。二人とも身なりのきちんとした、裕福な家庭の主婦といった感じだ。横顔が似ている。久しぶりに会った姉妹がお互いの近況報告その他の噂話に夢中になっている、といったところだろう。子供たちをほっぽり出しておいても所詮は〈あじあ〉の中だ、迷子になる心配もない――そう思って気を抜いているのは明らかだ。

瀬戸はかすかに苦笑し、窓から見える景色に目をむけた。

窓の外は、見はるかす限りの不毛な黄色い大地だ。地平線まで続く一面の曠野、そこに時折高粱《コーリヤン》畑やススキの原野が見えるくらいで、景色は恐ろしく単調。いつ見てもほとんど変化がない。

子供たちがすっかり退屈しているのは、容易に想像できた。

瀬戸はタロット・カードをポケットにしまうと、代わりにコインを取り出してテーブルに並べた。

全部で六枚。

テーブルの上に並んだコインすれすれに右から左に広げた手のひらを動かす。

まず、三枚のコインが姿を消した。

さらに反対の向きに手のひらを動かすと、すべてのコインがテーブルの上からなくなった。

子供たちはポカンと口を開け、目を丸くしている。

瀬戸はテーブルごしに手を伸ばし、斜め向かいに座った一番歳下の男の子の耳の裏からコインを一枚取り出した。次に、向かいの席に座った子供のシャツの襟《えり》の下から一枚。最後に、隣に座った男の子の前に置いたコースターの下からコインを一枚取り出した。

そのたびに子供たちの口が開き、いっそう目が丸くなる。

瀬戸は思案するように眉を寄せ、自分の鼻先に指を当てた後、子供たちにズボンのポケットに手を入れるよう身振りで指示した。

子供たちは慌てた様子でポケットに手を入れ、そこに入れた覚えのないコインを見つけて歓声を上げた。

「そのコインは、きみたちのものだ」

瀬戸はおごそかに言った。

「今回の旅の思い出にするといい」

満州国発行の小額コインだ。それ自体にほとんど価値はない。が、子供たちはまるで宝物でももらったかのように大事そうにコインを握り締めている。

子供たちに気づかれぬよう、瀬戸はそっと息をついた。

とっさに披露した他愛もない手品の目的は二つ。一つは、子供たちを自分の味方につけること。もう一つは、うっかり見られてしまったタロット・カード――ソ連のスパイが残した証拠の品――を彼らの記憶から消すことだ。自分で見つけたことで、コインはより強い印象として残る。曖昧《あいまい》な周辺記憶を淘汰《とうた》する……。

「ねえ、おじさん。おじさんはこの〈あじあ〉に詳しい？」

年長の男の子が、瀬戸に向き直って尋ねた。目がきらきらと輝き、顔にはすっかり仲間意識が浮かんでいる。

「うーん、そんなに詳しくはないな。きみは詳しいの？」

「お兄ちゃんはすごいんだよ！」

向かいの席から〝弟〟が自慢げに口を挟んだ。

「〈あじあ〉のことならなんでも知ってるんだ。数字もたくさん知ってるし……。おじさんも教えてもらいなよ」

「お前は余計なこと言わなくていいんだよ！」

弟をきつくたしなめながらも、年長の男の子は満更でもない顔付きだ。

「うちのお父さんは満鉄に勤めているんだ。だから、ほかの子たちよりもちょっと詳しいだけだよ。弟はお父さんの話を聞いてもまだ良くわからないみたいだしね」

と大人びた様子で肩をすくめた年長の男の子は、

「でも、きっとおじさんならみんな知っていることばかりだよ。たとえば〈あじあ〉の最高時速は百十キロで、新京＝大連間の七百一・四キロを八時間二十分で走る……とかさ？」

そう言って、様子を窺うように瀬戸の顔を覗き見ている。

この子は、弟と年下の従兄弟の前で良い格好をしたいのだ。ここは一つ彼の話を聞いて、顔を立ててやるしかあるまい——。

「ほんとだ。すごく詳しいんだね。おじさんにも教えてよ」

瀬戸は男の子にそう言いながら、子供たちの無責任な母親にちらりと視線をむけた。向こうは向こうで、まだしばらくは話が尽きそうにもなかった。


「昔は、新京＝大連間は十二時間三十分もかかっていたんだ」

年長の男の子は、瀬戸の目をまっすぐに見て得意げに話しはじめた。

「当時の満鉄の特別急行列車は〈はと〉だけど、〈はと〉じゃ、平均時速五十六・一キロを出すのが限界だった。そのあと毎年スピードアップが行われて、昭和五年には新京＝大連が十一時間三十分に、昭和七年には十時間五十分になった。一時間四十分の短縮だ。これで、平均時速は六十四・七キロ。それでもまだ〈はと〉より速い列車があった。東京＝神戸間を走る東海道本線特別急行〈つばめ〉の平均時速は六十六・八キロ。〈はと〉は、どうしても

〈つばめ〉には勝てなかったんだ」

「鳥だって、はとよりつばめの方がすばしっこいものね」

最年少の従兄弟がくすくすと笑いながら言った。

「東海道本線特急〈つばめ〉に勝つために、満鉄が総力を挙げて開発したのがこの〈あじあ〉なんだ」

年長の男の子は、幼い従兄弟の言葉をきっぱりと無視して先を続けた。

「流線形《りゅーせんけー》の車体を採用したことで〈あじあ〉は一気に速くなった。最高時速は百十キロ。新京＝大連間を八時間二十分で走れるようになった。平均時速は八十四・二キロ。〈つばめ〉よりも十五キロ以上も速い。〈あじあ〉は〝東洋一の快速列車〟なんだ」

「すごい！」

弟が目を丸くして声を上げた。もう何度も聞かされている話のはずだが、その度に「（数字をいっぱい覚えているお兄ちゃんは）すごい！」と思うのだろう。

「〈あじあ〉が東洋で一番なのは、スピードだけじゃない」

兄の方も、弟の称賛は何度聞いても飽きないのだろう、得意げに鼻をひくつかせながら先を続けた。

「〈あじあ〉には全車両に空気調整装置が備えられている。これも〝東洋初〟、〝東洋一〟だ。満州の夏は摂氏三十五度を超える。逆に冬は零下四十度まで冷え込むこともある。大陸列車を運行する満鉄にとって、列車内の温度と湿度を一定に保つ空気調整装置は長年の課題だったんだ。それに、これだけ速く走るようになると、窓はもう開けられない。開けた窓から煤煙や砂が飛び込んでくるからね。とくにこの満州じゃ大変だ。だから〈あじあ〉の窓は開かない。窓ガラスはどの車両も二重になっていて、列車中の温度を一定に保つ仕組みになっているんだ」

男の子の大人びた口調を聞きながら、瀬戸は相手には気づかれないようかすかに苦笑した。おそらく父親の説明の口写しだ。

〝満鉄に勤めるお父さん〟は〈あじあ〉開発にかかわった技術者の一人なのだろう。男の子は言葉の意味をすべて理解しているわけではあるまい。それにしても、難しい専門用語や細かい数字を正確に覚えているのは大したものだ……。

あることを思い出した。

全車両に完全装備された最新型の空気調整装置。

そのせいで、最近、笑い話のような――関係者にとっては笑うどころではない――トラブルが起きていた。満州で発行されているどの新聞にも記事が載っていたはずだ。

瀬戸はじっと目を細めた。

やってみる価値はある。

パチンと手を打ち合わせ、子供たちの注目を集めた。

「それじゃ、今度はおじさんからなぞなぞだ」

子供たちの顔を見回して言った。

「〈あじあ〉より速いものは、なんだ?」

「たとえば、次の奉天駅でこの〈あじあ〉を降りて、終点の大連にきみたちより早く着くにはどうしたら良いかな?」

「おじさん、聞いてなかったの?」

向かいの席に座った弟が呆れたように声を上げた。

「〈あじあ〉は東洋一の快速列車だって、お兄ちゃんがいま言ったばかりじゃないか。〈あじあ〉より早く着くなんて無理だよ!」

「バカ。お前こそよく考えろ」

年長の男の子が弟をたしなめた。大人ぶった様子であごに手をやり、上目づかいに瀬戸の顔を覗き見て呟《つぶや》いた。

「もしかして、列車じゃないのかも?」

瀬戸が無言で頷いてみせると、男の子はほっとした顔になった。弟や年下の従兄弟の前で面子《メンツ》を保ったというわけだ。

「わかった! 飛行機だ!」

弟がまた声を上げた。

「飛行機なら〈あじあ〉より速いに決まっているもの」

「……〈あじあ〉の方が、飛行機より速いよ」

最年少の従兄弟が口を挟んだ。急にみんなの注目を集めたことに気づくと、顔が真っ赤になり、舌足らずの、おぼつかない口調で続けた。

「ぼく、見たことがあるんだ。この前、お父さんと二人で〈あじあ〉に乗ったとき、〈あじあ〉が赤い飛行機と競走していたんだ。飛行機がだんだん後ろにさがって行って、最後には見えなくなったよ」

「うそだ！　そんなことあるはずない。だって……」

「うん。それなら、あり得るな」

年長の男の子が発した言葉に、弟があんぐりと口を開けた。

「〈あじあ〉の最高時速は百十キロ。低空飛行をしている時の小型複葉機を〈あじあ〉が追い越してしまうこともあるってことだ」

「ほんとに？」

弟は目を丸くしている。

「第一、どこで飛行機に乗るんだよ」

年長の男の子が眉を寄せ、弟を小馬鹿にしたようにじろりと見て言った。

「次の奉天駅で〈あじあ〉を降りたら、飛行機に乗るまでが大変だろ。それならそのまま乗っていた方が、先に大連に着くはずさ」

「あっ、そう言えばそうだね」

弟はあっさりと自説を引っ込めた。

それ以上、別の答えは思いつかない様子だ。

三人の視線が瀬戸にむけられた。

瀬戸はテーブルに肘《ひじ》をつき、顔の前で両手を組み合わせた。

「……きみたちに任務を与える」

結城中佐を真似た低い声で言った。

「きみたちが無事任務を果たしたら、なぞなぞの答えを教えてあげよう」

三人は一瞬顔を見合わせ、無言のままそれぞれこくりと頷いた。

手招きで子供たちの頭をテーブルの中央に集め、任務の内容を小声で伝えた。

4

この辺りか。

瀬戸は一等客室と二等客室をつなぐ通路の途中で足を止めた。

顔を上げ、目を細める。

頭の中に〈あじあ〉の設計図面を広げた。

天井パネルに隠れて見えない場所を正確に〝透視〟する。

パネルの裏を何本もの細いパイプがうねるように走っている。

複雑な配管の流れを目で追った瀬戸は、頭上のある一点にぴたりと焦点を合わせた。

間違いない、この場所だ。

瀬戸は唇の端でニヤリと笑い、腕に下げていたステッキをくるりと回した。

新京の事務所に出勤するさい、瀬戸がいつも腕にぶら下げている籐《とう》製の洒落た細身のステッキだ。華奢《きゃしゃ》な、実用には向かない〝飾りステッキ〟に見えるが、実際は芯《しん》に鋼鉄を仕込み、ちょっとした護身用にも使える代物だ。無論、うっかり人や物にぶつけでもすればたちまち不自然さを見抜かれる。その程度の演技を続ける集中力は、しかし、瀬戸にとってはむしろ心地よいくらいだった。

作戦を思いついたのは、男の子の言葉がきっかけだった。

〈あじあ〉は全車両に完全空調システムを導入した、東洋初の特別急行列車だ。

採用されているのはスチーム・インジェクター方式。

アメリカのキャリア・エンジニアリング社が開発した蒸気放射式冷却方法で、先頭の機関車から送られてきた蒸気を〈蒸気放射器〉で噴き付けて空調装置内に蓄えられた水面の圧力を下げ、気化熱で温度を下げた冷風を供給する仕組みだ。

ポイントは〈蒸気放射器〉が各客室ごとになっていること。

乗客の数や服装に応じて細かな対応が可能だが、そのせいで先日珍妙なトラブルが発生した。

全車両の中で一等特別室のみ、冷房装置が故障したのだ。

一等特別室は、一等車両の一角に設けられた〈あじあ〉唯一の個室客室で、定員は通常二名――最大四名まで乗車可能だ。

その日、特別室に関東軍の〝お偉いさん〟が、新京の座敷に出ている若い芸者を連れて乗っていた。所謂《いわゆる》お忍び旅行だ。冷房装置が故障したことで、閉め切った狭い個室内はたちまち蒸し風呂《ぶろ》状態となった。二人がたまらず特別室から出てきたところ、他の客室は普段どおり快適な空調が行き届いている。しかも、運の悪いことに、たまたま軍の同僚の奥さん連中数名がちょうど一等客室に乗ってきたところだった。個室から二人が汗だくで出てきたところ、顔見知りの奥さん連中と鉢合わせするかっこうになったのだ。

暑さと怒りと羞恥《しゅうち》で真っ赤になった関東軍のお偉いさんは、よせばいいのに、車掌を呼び、大声で怒鳴りつけた。

――すぐになんとかしろ！　これでは、あじあでなくアフリカだ！

肥満、短軀《たんく》。軍服の前をはだけ、禿《は》げた頭には汗が滝のように流れている。

それまで懸命に笑いを堪《こら》えていた一等客室の乗客全員が、これを聞いていっせいにふき出した。車内にわきあがった笑いの大渦はなかなか収まりやらず、結局、満州で発行されている新聞全紙に記事が載るはめになった、というわけだ。

男の子の言葉で、瀬戸はその記事を思い出した。

モロゾフを殺した相手が、いまも同じ列車に乗っている。

疑わしいのは、モロゾフと入れ違うように通路を歩いてきた黒ずくめの乗客だろう。男はあれきり一等特別室の中に閉じこもったままだ。特別室の前の通路に特殊な煙草の匂いが漂っていた。おそらく、ロシア人――。

それ以上はわからない。

ならば、〝あぶり出す〟までだ。

瀬戸は天井の一点を見つめて、もう一度目を細めた。

〈あじあ〉の設計図面は完全に頭の中に収めてある。接触場所の事前調査を行い、構造や周辺の詳しい情報を頭に入れておくのは、スパイにとっては基本中の基本だ。生き延びるためにはそうするしかない。接触場所が建物だろうが乗り物だろうが、やることは同じだ。

その気になれば列車を止めることも可能だった。が、騒ぎが大きくなればなるほど今後のスパイ活動がやりづらくなる。それこそ敵の思う壺《つぼ》だろう。

一等特別室専用の〈蒸気放射器〉が取り付けられているのは車両間通路の天井部分。

瀬戸がいま目印を付けた場所だ。

大袈裟《おおげさ》な事故など必要なかった。噴き出し口を少しずらしてやるだけで、高温の蒸気は本来冷やすべき空気を逆に温める結果となる。二十分とたたないうちに狭い個室内の温度は上昇し、いられなくなるはずだ。

その状態を作り出すためには、天井の一点を正確に突き抜くだけでいい。

必要なのは、狙いすました一撃。

フェンシングの要領だ。

瀬戸は左右に視線を走らせ、念のため周囲に人気《ひとけ》がないことを確認した。

ステッキを半回転させ、石突きを上にして顔の前で垂直に構える。

サリュー。

フェンシングにおける試合開始の合図だ。

息を詰め、集中する。

蓄えた力を剣先に込め、一気にステッキを突き上げようとした刹那《せつな》、背後でガラリと車掌室の扉が開いた。

瀬戸は思わず顔をしかめ、小さく舌打ちをした。

振り返ると、黒い制服に黒い制帽姿の車掌が、扉に手をかけたまま唖然《あぜん》としたように瀬戸の様子を窺っていた。黒いダブルの折り襟の制服に蝶《ちょう》ネクタイ。食堂車のロシア人少女たち同様、〃国際列車らしく〃ということで、〈あじあ〉の車掌に初めて採用された〃欧米風スタイル〃の制服だ。

瀬戸はステッキを半回転させ、天井に向いていた石突きを本来の位置に戻した。

「何をしているのです？」

車掌は疑わしげな様子でそう言いながら瀬戸に歩み寄ってきた。

「切符を拝見」

白い手袋をはめた手を差し出した。

瀬戸は軽く肩をすくめると、背広の内ポケットに手を入れ、切符の入った封筒を取り出した。切符は通常の手続きで購入したものだ。調べられて困ることは何もない——。

瀬戸から封筒を受け取った車掌は中身を確かめようとして、ふいに動きを止めた。

封筒を持った手を、ゆっくりと自分の顔の前に持ち上げる。

制服の袖と白い革手袋の隙間、わずかに露出した手首に小さな針が刺さっていた。

車掌は顔を上げ、信じられないといった様子で瀬戸を見た。

黒い制帽の陰になっていた顔に光が当たる。大きく見開かれた目。薄い灰色の瞳。

「ばかな……貴様、なぜ……」

そう呟くのがやっとだった。

目玉がくるりと裏返る。

車掌の制服を着たソ連の暗殺者は、糸の切れた操り人形のようにその場にくずおれた。

5

瀬戸礼二は予定通り満鉄特急〈あじあ〉号を奉天駅で下車した。

ホームを歩いていると、瀬戸の姿に気づいた子供たちが列車の中から手を振ってよこした。

瀬戸はにこりと笑い、手を上げて応《こた》えた。残念ながら、窓が開かないのでお互いの声は聞こえない。

食堂車で知り合いになった三人の子供たちは、終点の大連まで乗っていくのだという。

大連まで、あと五時間。

まだしばらく退屈な旅が続くというわけだ。

そう考えて、瀬戸は唇の端で微かに苦笑した。

大連に着いた後は、退屈というわけにはいかないだろう。

奉天を出た後、終点の大連まではあと二駅。その間、ずっと車掌の姿が見えなければ、さすがに誰かが異変に気づくはずだ。各駅には鉄道電信が設置されている。〈あじあ〉が終点大連駅に到着するとともに警察の一隊が乗り込んでくる。死体が発見され、乗客は全員、事情聴取が終わるまで足止めを食らうはずだ。子供たちはめったにない経験をすることになる――。

発見される死体は二つ。

在満ソ連領事館二等書記官アントン・モロゾフと〈あじあ〉の本物の車掌のものだ。

本物の車掌は、車掌室の中で殺されていた。

車掌室の扉が背後で開いた瞬間、瀬戸が思わず顔をしかめ、舌打ちをしたのはそのためだ。

瀬戸は、ソ連のスパイ――〈スメルシュ〉の暗殺者――が車掌の恰好で近づいて来ることを予期していた。だが、本物の制服を奪うために車掌を殺し、車掌室に潜んでいるとまでは予想していなかった。てっきり偽の制服で間に合わせるつもりだと思っていた。モロゾフを殺した時のように、だ。

最初に疑問に思ったのは、モロゾフの首の後ろに針の跡を見つけた時だった。

新京から〈あじあ〉に乗ってきた時点で、モロゾフはひどく怯《おび》えていた。彼は自分が祖国の裏切り者だと自覚していた。領事館二等書記官のモロゾフなら〈スメルシュ〉の噂を耳にする機会もあったはずだ。彼らの手で暗殺されることを恐れていたに違いない。

にもかかわらず、モロゾフは首の後ろを刺された。誰かが背後に回るのを許したということだ。待ち合わせは洗面所だった。正面には角度の異なる三面鏡。死角は存在しない。もし鏡に不審な人物が映れば、その時点でモロゾフは警戒したはずだ。

一方で、モロゾフと入れ違うように戻ってきた一等特別室の乗客は、季節外れの黒ずくめの服装に目深に被った鳥打ち帽。立てたジャケットの襟で顔を隠していた。見るからに怪しい人物だ。

あの人物が〈スメルシュ〉の暗殺者だったのなら、モロゾフが背中を向けたはずはない。モロゾフを殺した人物は一等特別室の乗客ではない。犯人はほかにいる。

そう考えた瀬戸は、食堂車で知り合いになった三人の子供たちにある任務を命じた。

モロゾフを殺した犯人が持ち去った新聞を捜すことだ。

——目印は日付だ。

瀬戸は食堂車の白いテーブルクロスの上に子供たちの頭を集めて、小声で囁《ささや》いた。

「今日の日付でない新聞を読んでいる人を見つけたら、おじさんに知らせること。ただし、相手には絶対に知られちゃだめだ」

モロゾフが持っていた新聞は、透明な特殊インクで新聞の文字に印がしてある。特定の波長の光を当てれば該当の文字が浮かび上がる仕組みだ。暗号化した情報を新聞の文字で拾ってゆく古典的な方法で、作業には時間がかかる。素人のモロゾフが今日配達された新聞を使って暗号文の文字を拾えたはずがない。外側の一枚だけは今日のものだったが、内側には別の日付の新聞が挟んであるはずだ。

食堂車に来る途中、瀬戸は乗客が手にしている新聞を観察したが、それらしい人物は見当たらなかった。何度も捜して回ることは不自然だ。偶然に頼るわけにもいかない。

だが、退屈している子供たちならば、客車を自由に走り回ることができる。必要なら、何度でも見て回れる。

子供たちは見事に任務を果たした。

三等車両に乗っているロシア人の男が、日付の異なる新聞を熱心にめくっているのを発見したのだ。瀬戸は子供たちから、その男の服装を聞き出した。男が着ているのは白いシャツに白のジャケット。但し、ズボンは黒だという。さらに、上着の裏地が黒だったと、年長の子供が目聡《めざと》く指摘した時点で、瀬戸は暗殺者が車掌に化けてモロゾフに近づいた可能性を確信した。

走行中の〈あじあ〉の車中で、黒の折り襟のダブルの上着に蝶ネクタイ、白の革手袋をはめ、黒い帽子を目深に被った人物に日本語で声をかけられれば、誰でも相手は車掌だと思う。暗殺者は、背中を向けたモロゾフの隙を見て、背後から首に毒針を突き刺したに違いない。

〈あじあ〉の車掌は、食堂車のウェイトレスとは逆に、全員が日本人採用だ。日本人の乗客が多い中、いくら日本語を流暢《りゅうちょう》に話せたとしても、ロシア人の暗殺者が長く化けていられるものではない。暗殺場所は、客車間の通路や洗面所に限られる。車掌に化けた暗殺者は、トイレの中に身を潜めてモロゾフが来るのを待ち受けていたのだろう。

逆に、モロゾフを殺した後は、すぐに乗客の一人に戻る必要がある。そのためにはジャケットを裏返しに着て、蝶ネクタイと白の革手袋、それに満鉄のマークがついた帽子をポケットに押し込み、何食わぬ顔で席に戻れば良かったのだ。

〝僧侶《そうりょ》の服を着ている人物が僧侶とは限らない〟

裏の世界では、あまりにも陳腐な常套句《じょうとうく》だ。

モロゾフに先立って殺された二人の情報提供者は、一人はレストランで食事中に倒れ、もう一人は自宅の玄関先で倒れているのを発見された。暗殺者はおそらく、一人目はギャルソンの恰好で、もう一人は郵便配達員に化けて標的《ターゲット》に接触したのだ。制服を着た相手を疑う者は少ない。暗殺者は〝目に見えない者〟として祖国を裏切ったユダどもに近づき、殺した。

さらには、自分が殺したことを誇示するカードを残して、疑われることさえなかった――。

ある意味、彼は成功し過ぎたのだ。

得意な形に持ち込めば必ず成功する。

スメルシュの暗殺者は無意識にそう考えた。そして、型にはまった。ちょうど、瀬戸がかつて〝フェンシングなら誰にも負けない〟と慢心していたように。

通常、スパイが同じ手口を三度繰り返すことはない。

一度目の偶然は許されるが、二度目の偶然は許されない。

それがスパイの世界の常識だ。スパイの世界では三度目は必然と見做《みな》される。手口が研究され、対応策が講じられる。その先には失敗が待っているだけだ。

そこまでわかれば、あとの事情は自《おの》ずと見えてくる。

一等特別室に閉じこもっている黒ずくめの怪しげな乗客の正体は、たぶん、男装したロシア人の踊り子だ。今回の取り引きに際して、瀬戸はモロゾフの周辺をもう一度徹底的に調べ上げた。モロゾフは、瀬戸の手に落ちるきっかけとなったロシア人の踊り子にその後も執着していた。彼はソ連の極秘内部情報と引き換えに大金を手に入れ、お気に入りの踊り子と二人、大連から日本経由でアメリカに亡命するつもりでいたのだ。

ソ連の暗殺者は、洗面所に現れたモロゾフが男装の踊り子と言葉を交わす様をトイレの中から密かに窺っていた。そして、モロゾフが一人になったのを見計らい、車掌を装って声をかけた……。

〝祖国を裏切ったユダ〟モロゾフ殺しの任務が完了した時点で、暗殺者はもう一つ、別の任務が遂行可能なことに気づいた。

モロゾフが情報を売っていた相手、日本スパイをこの〈あじあ〉の中で殺すことだ。

素人の変装なのでやむを得ないとはいえ、男装の踊り子はいかにも怪しげだった。ソ連の暗殺者はそれを見て、逆に利用できると判断した。

陽動作戦は、スパイにとっては一種の習性だ。

別の物に注意を引き付けておいて、その隙に本当の任務を遂行する。

この場合であれば、日本のスパイがいかにも怪しげな人物に気を取られている隙に背後から近づき、毒針で死の一刺しを与える——赤子《あかご》の手を捻るより簡単だ。

さらにもう一つ、ソ連の暗殺者にとっては好条件が揃っていた。

最近、満州の全ての新聞に〈あじあ〉一等特別室に関する〝興味深い記事〟が掲載された。一等特別室専用の空気調整装置が壊れ、蒸し風呂状態となった。あの記事を日本のスパイも必ず読んでいるはずだ。日本のスパイはきっと、一等特別室専用の空気調整装置に細工をして、個室の中にいる人物をあぶり出し、正体を確かめようとするに違いない。

そのためには、通路天井裏を走るパイプの噴き出し口を少しずらすだけでいい。日本のスパイが破壊工作に現れるのを待って、不意をついて殺す——。

〝成功〟は危険だ。無意識のうちに自分を得意な型にはめてしまう。

事前に出方を知られていれば、同じ技術を持った相手には絶対に勝てない。

〝三度の成功で型にはまった〟相手の計画の裏をかくのは容易だった。

制服を奪い〈あじあ〉の車掌に化けたソ連のスパイは、瀬戸が空気調整装置を壊そうとしている現場を押さえ、切符を差し出すよう要求した。ごく自然な流れだ。制服を着た者の型通りの動きは相手に油断を生じさせる。暗殺者は、返す切符の陰で瀬戸に死の一刺しを与えるつもりだった。だから瀬戸は先手を打って、その前に差し出した封筒の陰で刺した。

——常に相手が自分と同じ技術を持っていると仮定しろ。その上で先手を打つ方法を考えるんだ。

D機関で学んだことを実践したまでだ。

瀬戸はホームを歩く足を止め、ポケットからソ連の暗殺者が隠し持っていた品を慎重に取り出した。

細い針付きの小さなスポイト。二本の指の間に挟めば隠れてしまうほどの大きさだ。スポイト部分は柔軟性に富む素材で作られている。針を刺し、指に軽く力を入れれば、スポイトの中の液体が針を通じて注入される……。

ソ連と日本の諜報機関が、同じような品を同じようなタイミングで開発し、自国のスパイに支給している。何も驚くほどのことではない。この手の代物は——手品のトリックと同じで——誰か一人が発案した時点で、世界中では何十人もの者たちが思いついていると考えた方が良い。必要なのは、充分な小型化を可能にする最新の科学技術。その条件さえ整えば、どの国でも考えることは同じようなものだ。

問題は、スポイトの中の液体だ。

ソ連の暗殺者が持っていたスポイトの中身は、おそらく心臓麻痺に見せかけて相手を殺す検出不能の毒物だろう。持ち帰って詳しい分析が必要だった。一方、瀬戸が持っていたスポイトの中身は——。

瀬戸は床にくずおれた偽の車掌——ソ連の暗殺者——の体を支えて移動させ、車掌室に入れて、外から鍵をかけておいた。

殺しはしない。

麻酔薬で眠らせただけだ。終点の大連までは目覚めない。

ソ連の諜報機関〈スメルシュ〉の全容は依然として謎に包まれたままだ。情報はゼロに等しい。

今回、スメルシュの一員がわざわざ向こうから接触してきてくれたのだ。あれこれ聞いてみる機会を逃す手はあるまい。

大連で踏み込む警察の一隊に、D機関の人間を紛れ込ませる。混乱に紛れて、他の捜査機関に先んじてスメルシュの暗殺者の身柄を回収する。それまでは、当事国のソ連は無論、他国のスパイにも絶対に悟られてはならない――。

ファーン、と〈あじあ〉独特のエアフォンの音がホームに鳴り響いた。

出発の合図だ。

〈あじあ〉は構造上、蒸気機関車特有のあの高い汽笛は鳴らさない。

モロゾフが殺されたときに持っていた新聞は回収してきた。彼が命懸けで最後に売ろうとした祖国の秘密が何だったのかは暗号を解けばわかる。暗号表《コードブック》が手元になくても瀬戸にとっては容易な作業だ……。

〈あじあ〉がゆっくりと動き出した。

定刻どおりだ。

顔を上げると、〈あじあ〉の窓ガラスに、知り合いになった三人の子供たちがぴたりと顔を押し付けるようにして瀬戸を見ていた。瀬戸の一挙手一投足を見逃さないよう、息を詰めてじっと見つめている。

瀬戸は思わず、くすりと笑みを漏らした。

子供たちは瀬戸が命じた任務を見事に遂行した。日付の異なる新聞を熱心に読んでいる乗客を見つけてきた時点で、瀬戸は約束どおりなぞなぞの答えを彼らに教えた。

――〈あじあ〉より速いのは〈はと〉だ。

瀬戸の言葉に、子供たちは一瞬呆気《あっけ》に取られたような顔になった。すぐに頬っぺたを膨らませて、口々に文句を言った。

「えーっ！　それじゃ、答えになってないよ」

「おじさん、お兄ちゃんの話を聞いていなかったの？」

「〈はと〉だったら、まだ〈つばめ〉の方が速いくらいだ。〈あじあ〉はその〈つばめ〉より平均で十五キロ以上も速いんだよ。三つの中じゃ、〈はと〉は一番遅いじゃないか」

瀬戸は両手を広げて抗議の声を静めた。その後で、もう一度手招きして、テーブルの上に子供たちの頭を集めた。

「はとはとでもはと違いだ。いいかい、見ててごらん」

囁くようにそう言うと、胸元に当てた両手をそっと広げてみせた。

額を寄せ、瀬戸の手の中を覗き込んだ子供たちが「あっ」と声を上げた。

瀬戸は指を立てて子供たちを静かにさせ、

「伝書鳩が、なぞなぞの答えだ」

そう言うと、子供たちの目の前から鳩を消した。瀬戸が着ているのは、鳩を運ぶための柔らかいポケットが付いた鳩用ジャケットだ。難しい手品ではない。

子供たちは、文字通り鳩が豆鉄砲を食らったような顔でポカンと口を開けている。言葉も出ない様子だ。

伝書鳩の平均時速は通常六十キロ程度。

平均時速八十キロを超える〈あじあ〉より常に速いわけではない。

だが、瀬戸の問いは「次の奉天駅でこの〈あじあ〉を降りて、終点の大連にきみたちより早く着くにはどうしたら良いか？」だ。

追い風の場合、訓練を受けた伝書鳩の飛行速度は平均時速で百キロ超。時には百五十キロに達することさえある。

この季節、風を計算に入れれば、奉天から大連へは伝書鳩の方が先に到着する計算だ。

〝陸軍の嫌われ者〟として発足したD機関は、最初はろくな予算もつかず、軍が使わなくなった鳩舎を貰い下げ、改築した建物を使用していた。

古い鳩舎。

かつて軍用鳩の飼育研究が行われていた施設だ。建物がD機関の活動拠点となった後、そこで飼われていた鳩たちが戻ってきた。追い払おうとした訓練生たちを止め、鳩の飼育と訓練を命じたのが、結城中佐だった。

日本軍が「見るべき成果なし」として切り捨てた伝書鳩だが、時の欧州戦線で意外な活躍を見せていた。電信通信の傍受盗聴技術が進んだ結果、逆に伝書鳩が使われる機会が増えていたのだ。ドイツ軍はフランスに侵攻した際、真っ先に鳩の飼育を禁止する命令を出した。〝鳩を飼育する者は死刑に処す〟。彼らが如何《いか》に伝書鳩による情報漏れを嫌っていたのかがよくわかる。

結城中佐の指示でD機関では鳩たちが飼われ、伝書鳩としての訓練を受けていた。さらに新たな飼育所が各地に密《ひそ》かに作られた。

満州は謀略の国だ。

電信による通信はすべて傍受、盗聴されていることを前提にしなければならない。各国のスパイ、さらには満州国に存在する複数の捜査機関に先んじて、〈あじあ〉の車掌室で意識を失っているソ連の暗殺者の身柄を確保するためには、特別な通信手段が必要だった。

例えば、伝書鳩のような。

瀬戸は動き出した〈あじあ〉の脇に立ち、ジャケットの隠しポケットから鳩を取り出して、自分の指にとまらせた。

窓に押し付けられた子供たちの顔がいっせいに輝くのが見えた。二重窓に遮られて声は聞こえないが、黄色い歓声が上がったようだ。

指にとまらせた鳩を顔の高さに掲げ、状態を確認する。

餌と水はさっき充分に与えたばかりだ。足に装着した通信管は最新型のごく軽量のもの。負担は少ない。羽の乱れも見られない。顔色も良いようだ。

ふと、ある光景が頭に浮かんだ。

先日、思いついて鳩たちの様子を見に行った瀬戸は、建物の角を曲がったところで、はっと足を止めた。

鳩舎前の広場に先客がいた。

長身、痩軀《そうく》。右手に白い革手袋。傾《かし》いだ身体を杖《つえ》で支えている人物は——。

結城中佐だった。

神出鬼没《しんしゆつきぼつ》。忽然《こつぜん》と現れた結城中佐が、瀬戸に背中を向け、心持ち空を見上げるようにして立っていた。

だが、なぜここに？

瀬戸は首を傾げ、結城中佐の視線の先を追った。

空の遥《はる》か高い場所で、小さく動くものが見えた。

鳩だ。

一羽の伝書鳩が通信文を携えて戻ってきたのだ。途中、飲まず食わず。百キロ以上の彼方で任務を託され、空に放たれた鳩は、たった一羽、危険に満ちた旅を終えて戻ってくると、たいてい体重の何割かを失い、時にはひどい傷を負っていることもある……。

結城中佐が手を伸ばし、頭の上にさしあげた。

空から鳩が真っすぐに降りてくる。

羽を広げて減速した鳩は、そのまま結城中佐の指にとまった。まるで——。

瀬戸は首を振り、唇の端で微かに苦笑した。

鳩は鳩だ。それ以外の現実などありはしない。そんなことより——。

すぐに別のことに思い当たり、瀬戸は軽く顔をしかめた。

結城中佐の優秀さは疑いようがない。自負心の強さでは人後に落ちぬ訓練生全員が舌を巻くほどだ。結城中佐率いるD機関の情報収集能力は、他国の諜報機関を凌駕《りょうが》している。

問題は、D機関が情報を得た後だ。

最近、瀬戸が苦労して手に入れた情報がうまく機能していない感じがあった。満州を取り巻く国際情勢は悪化する一方だ。

情報は集めるより使う方が難しい。

頭の固い陸軍のお偉いさん相手に、結城中佐一人がいくら奮闘したところで、やれることなど高が知れているのかもしれない。スパイは平時においてこそ活躍する存在だ。いったん戦争が始まってしまえば存在意義そのものが失われる……。

瀬戸は肩をすくめた。

ま、仕方ない。やれるだけのことをやるまでだ。

指にとまった鳩が、小首を傾げるようにして瀬戸の顔を見つめている。

腕を伸ばし、頭の上に掲げた。

——行け！

瀬戸の掛け声とともに、鳩は力強く羽ばたき、良く晴れた夏空に向けて高く舞い上がった。

舞踏会の夜

1

「お目当ての殿方《とのがた》は見つかりまして？」

背後から囁《ささや》くように問われて、加賀美顕子《かがみあきこ》はもの憂げに振り返った。

戸部山千代子《とべやまちよこ》。男爵夫人だ。旧姓は大崎《おおさき》。学習院女子部時代から二十数年来の付き合いになる。千代子はここ数年ですっかり丸くなった下膨《しもぶく》れの色白の顔に、にこにこと人の好《よ》い笑みを浮かべて返事を待っている。

顕子は片方の眉《まゆ》を持ち上げ、質問の意図を目で問い返した。

だって、と千代子はたちまち頬を赤くして――昔からの癖だ――口ごもるように言った。

「顕子さん、さっきからずっとそのオペラグラスを熱心に覗《のぞ》いていらしたから……」

言われて顕子はようやく、自分が小型のオペラグラスを手に持ったままだったことに気づいた。無言のまま、ハンドバッグにオペラグラスを落とし込む。

「わかるわ」

千代子がとりなすように早口に続けた。

「久しぶりの仮面舞踏会ですもの。皆さん、いったいどんな恰好《かっこう》でいらっしゃるのか、気になりますわよね」

小柄な千代子はそう言うと、つま先立ちをするようにして、きょろきょろと舞踏室《ボールルーム》を見回している。

「先日の式典はたいそう立派でしたわね。陛下は陸軍の軍装、皇后様はつばの広い大きな帽子をかぶっていらして……」

人込みに目を向けたまま呟《つぶや》いた千代子は、ひょいと顕子を振り返った。

「顕子さんは、わたしなんかよりずっと陛下のお近くにいらしたんですもの。お羨《うらや》ましい限りですわ」

唇を尖《とが》らせ、本気で嫉妬《しっと》している旧友の顔に、顕子は思わず苦笑を漏らした。

先日の祝典――。

帝都宮城前広場で行われた政府主催の《紀元二千六百年記念式典》のことだ。

神武《じんむ》建国二千六百年目を祝うこの式典には、海外からの招待客を含め約五万人もの参列者がつめかけた。外国使臣としては、満州国皇帝溥儀《ふぎ》をはじめ、J・グルー米大使、C・アンリ仏大使、E・オット独大使、M・インデルリ伊大使らが、いずれも夫人同伴で出席。外国使臣を代表してグルー米大使が祝詞を述べた。

式典には〝皇室の藩屏《はんぺい》〟たる華族も参加を義務づけられた。着席は公侯伯子男の爵位順。式典では、顕子は実家《さと》の五條《ごじょう》侯爵家の一員として席を用意された。〝男爵夫人〟として式典に参加した千代子に比べれば、陛下により近い席だ。が、それにしても直接お声を聞けるほどの距離でもなく、羨ましがられるようなことではない……。

このところ、東京開催が予定されていたオリンピックや万国博覧会が立て続けに中止となったことで、世間には重苦しい空気がたち込めていた。

そんな中で開催された《紀元二千六百年記念式典》は人々の鬱憤《うつぷん》を晴らす格好の機会であり、実際、世の中はすっかりお祭りムードに包まれている感じだった。

赤坂霊南坂《れいなんざか》、白亜の壁が目に美しい三階建てのアメリカ大使館——通称〝赤坂のホワイトハウス〟——で久しぶりに仮面舞踏会が開かれることになったのも、この祝祭的な雰囲気あってこその話だ。

しきりに舞踏室を見回していた千代子が、つま先立ちにもいい加減疲れたのだろう、ふう、と一つ大きな息をついて振り返った。改めて顕子を眺め、小首を傾げるようにして尋《たず》ねた。

「顕子さん、今日のそのお恰好はどういうご趣向なのかしら?」

「別に」

顕子は短く答え、軽く肩をすくめてみせた。

首元のつまった濃い紫のシンプルな形のロングドレスにペンダント付きのチョーカー。仮面舞踏会ということなので一応形ばかり目元を覆う小さなベネチアンマスクを用意したが、普段どおりといえば普段どおりの服装だ。

一方の千代子は、長振り袖《そで》に下ろし髪、足下には肩に担ぐ桶《おけ》まで用意している。どうやら〝汐汲《しおく》み〟をイメージした扮装《ふんそう》らしい。仮面というよりは仮装だが、それを言えば舞踏室に集まっている参加者たちの中にも仮装の者が少なくなかった。道化。天使。悪魔。物売りに扮している者の姿も見える。

「ちょっと若作りしすぎちゃったかしら」

千代子が我が身を振り返り、顔をしかめて言った。

「だって、久しぶりの仮面舞踏会でしょう。何年ぶりかしら？　五年？　十年？　もう覚えていないくらいだわ。ついつい若い頃の気分で、はしゃいで出かけてきちゃったのだけれど……」

途中で言葉を切った千代子は顕子をじろじろと眺めて、呆《あき》れたように声をあげた。

「あなたは、いつまでたっても変わらないわね！　あなただけ時間が止まっているみたい。ホント、ずるいわ」

顕子は、思わず唇の端を歪《ゆが》めた。

実を言えば、今日の出掛けに屋敷の小間使いにも同じことを言われたばかりだ。鏡の前に立ち、最後の点検をしていると、着替えを手伝ってくれた小間使いが思わずといった様子で呟いた。

〝奥様はいつまでたってもお美しいですわ。なんだかずるいくらい〟

同性、異性を問わず、ため息とともに発せられる称賛の言葉は珍しくない。

そのたびに顕子は思う。この人たちはちゃんと目を開けて見ているのだろうか、と。

いったい幾つになったのか？

三十を過ぎてからは自分の歳を数えるのをやめた。三十も半ばを過ぎた大年増《おおどしま》。かつての若さ、あるいは若さとともにあった美しさの名残を、極彩色《ごくさいしき》のこけおどしで防腐処理して保っているだけだ。流行遅れのファム・ファタルを無理に演じる有閑夫人《マダム》——それが自分だ。そんなことさえ見抜けない怠惰な観察者にいくら褒められても、嬉《うれ》しくもない。

「いつもより顔色が明るいみたいだけれど、お化粧を変えられたのかしらん？」

訝《いぶか》しげな声に、夢想から覚めた。

「いいえ、違う。そうじゃないわね」

千代子はそう独り決めすると顔を寄せてきた。声を潜め、秘密めかした口調で尋ねた。

「さっきから熱心にオペラグラスを覗いているようだし、さては誰かお目当ての殿方と逢《あ》い引きの約束でもおありなのでしょう？」

顕子は——。

もう一度唇の端を歪めるしかなかった。

屋敷の小間使いにも、ちょうど同じことを訊《き》かれた。

〝今日はどなたかとお約束があるのですか？〟

着替えの途中、ふいに耳元で囁かれてドキリとした。鏡に向かって目を上げ、背後の小間使いに目顔で理由を訊ねた。

〝すみません。いつもとちがって、なんだか浮き浮きされているような感じがしたものですから……〟

「でも、顕子さんに限ってそんなはずはないわよね」

〝でも、奥様に限ってそんなはずはありませんわよね〟

面白いことに、小間使いも旧友の千代子も自分で口にした疑問をすぐに自分で否定した。

そう、そんなはずはない。

社交界で顕子がこれまでに流した数々の浮名を知らぬ者はあるまい。秘密の逢い引きごときで、顕子がいまさら浮かれる理由はなかった。たとえ相手が誰であろうとも、だ。

千代子が急に「ちょっと御免なさい」と小声で言い残して、舞踏室にいそいそと入って行った。見知った顔でも見つけたのだろう。

汐汲みに扮した千代子の小柄な姿が見えなくなるのを確認してから、顕子は再びハンドバッグに手を入れてオペラグラスを取り出した。

普段ろくに目も開けずに世の中を見ている二人に指摘されたのだ。自分では気づかなくても、どこか普段と違ったように見えるのだろう。だが——。

現れるはずがない。

顕子は唇の端を皮肉な形に歪め、自分に言い聞かせた。オペラグラスをいったん顔から外して、傍らの壁に目を向けた。

年々歳々花相似
歳々年々人不同

過ぎ去った時間に思いを馳《は》せる。顕子は一瞬、目眩《めまい》のような感覚を覚えた。

あれから、もう二十年以上も経つというのか？

信じられない気がした。二十年以上も前に交わした約束の言葉が頭に浮かぶ。あの時とは、何もかもが変わってしまった。わたしも、たぶん、あの人も。ねんねんさいさいはなあいにたり、さいさいねんねんひとおなじからず……。

うそだ。

顕子は声には出さず、唇の動きだけで小さく呟いた。

人は変わらない。顔も、考えも、名前でさえうつろいゆく。それでも人は変わらない。

そのことを教えてくれたのが、あの人だった。

2

姫《ひい》さま。

そう呼ばれるのが、顕子は物心ついた時から嫌で仕方がなかった。

顕子の実父、五條直孝《なおたか》は旧清華《せいが》侯爵家当主。最近とみに乱造されている俄《にわ》か華族とは一線を画す、千年の歴史を誇る古い家柄だ。

千年。

言葉で言えば何でもない。

だが、その間連綿と続く家柄の中でいったい何が積み重なっていくものなのか、外の人には決してわからないだろう。

音もなく降り積もった雪のように、五條家には千年分のさまざまな因習が層を成して堆積《たいせき》していた。

日常の立ち居振る舞いは——季節ごとの髪の結い方から、箸《はし》の上げ下ろしまで——全て事細かに決められ、そこに生きる者の行動を縛り付けている。千年の時間をかけて先達《せんだつ》が試行錯誤を繰り返し、洗練させてきた〝五條家のしきたり〟だ。万が一、その規範から少しでも外れようものなら、周囲からたちまち厳しい叱責《しっせき》が飛んでくる。

姫さま。それは違います。五條家のしきたりをお守り下さい——。

生まれて、死ぬまで、何をしてもしきたりから一歩も外に出られない。先達の影から逃れられない。

そう考えると顕子は息が詰まる気がした。退屈だった。二人の姉様がなぜ一言の文句も言わず、しきたりをむしろ進んで身に纏《まと》おうとしているのか、顕子には不思議で仕方がなかった。

姫さま。

そう呼ばれるたびに、少しずつ退屈に搦《から》め捕られていくようで、ぞっとした。誰も自分のことを「姫さま」と呼ばない場所に逃げ出したくて仕方がなかった。物心ついた時から、ずっとそう思っていた。

十四歳の秋。初めて家出をしたのは、だから、新聞に書かれたように「学習院女子部への送り迎えに雇われていた美男のお抱え運転手との秘めたる恋愛の末に」ではない。新聞には「顕子の方から運転手の青年を誘った」如《ごと》くに書かれたが、実際、言い出したのは顕子の方からだった。

いつもは一緒に車に乗る姉様たちが、あの日はなぜか二人ともいなかった。二人とも風邪を引いていたのか、別々に何か用事があったのか、今となっては覚えていない。覚えているのは、一人つくねんと車の後部座席に座っていたこと。気がついた時には「このままどこかに連れて逃げて」と口走っていた。運転手の伴《ばん》は――そう、思い返せば彼は確かに白面の美青年だった――一瞬戸惑った様子だった。が、ミラー越しに目を向け、顕子が真剣な眼差《まなざ》しで見つめていることに気づくと、急に覚悟を決めた顔になった。

最初の家出は、しかし、東京駅から二人で列車に乗ったところで、あっさり捕まった。駅員の一人が駅舎前に乗り捨てられた高級車を怪しみ、警察に届け出たのだ。おかげで、大騒ぎとなり、新聞にまで書かれることになった。〝侯爵家の末娘はとんだフラッパー〟。〝男を惑わす十四歳の妖婦《ファム・ファタル》〟。

それからだ、顕子が周囲から奇異な目で見られるようになったのは。

十五になる頃には、家出を繰り返すようになっていた。

ちょうど〝大正モダン〟と呼ばれる新しい風潮が世の中を席巻していた。のちに〝モボ〟

〝モガ〟と呼ばれるようになる断髪洋装の若い男女が腕を組んで街を闊歩《かつぽ》し、古い世代に属する人たちの眉をひそめさせていた。街で見かける彼らの奇抜な服装や立ち居振る舞いは、優美に慣れた顕子の目には、正直に言えば、薄っぺらで、洗練や美しさとは程遠いものに見えた（あとになって〝モボ〟〝モガ〟が〝モダンボーイ〟〝モダンガール〟の略だと知ったときは、さすがに苦笑したものだ）。だが、それでも、彼らの顔は明るく輝いていた。これが自由というものなのか、と顕子はひどく眩《まぶ》しいものを見る気がした。たとえ薄っぺらで、洗練されてはおらず、美しくさえなくとも、彼らには希望がある。少なくとも、彼らは退屈とは無縁だ――そう思えた。

誰にも見つからないようこっそりと屋敷を抜け出し（たいてい途中で見つかって連れ戻されたが、何度かに一度は成功した）、一人で街に出た時、顕子が必ず顔を出す場所があった。ダンスホールだ。

当時、横浜に一般向けのダンスホールが開かれたばかりだった。ダンス好きの若者たちを中心に、たくさんの人たちがダンスホールに集まってきていた。何度か顔を出す内に、顕子はその中の何人かと知り合いになった。

彼らとの付き合いは、素性も、出身も、家柄も、本名さえ明かすことのない気楽なものだった。ケン、マコ、ジュン、マイク、ジョージ……。お互いを愛称で呼び合う彼らは、ダンスホールに時折ふらりと現れる年少の顕子のことも、〝アキ〟と愛称を決めた後は、どこに住んでいるのか、普段は何をしているのか、そういったことは一切詮索《せんさく》しなかった。顕子が普段住んでいる世界では家柄がすべてだ。家柄が、お互いの言葉遣いから、仕草、立ち居振る舞いまで、すべてを決定する。そこから一歩も逃れられない息苦しさがある。ダンスホールに集まる者たちの、まるで異なる〝しきたり〟は顕子の目にひどく新鮮なものに映った。

ダンスホールでは、顕子は一度も踊ることなく、壁際のテーブルに座っていた。ひっきりなしにダンスの申し込みがあったが、その度に顕子は、頬杖《づえ》をついたまま肩をすくめ、無言で首を振るだけだった。

「最初は少し緊張するわよね。はじめての煙草みたいに」

親しくなったマコさんが、くすくすと笑いながら顕子にそう言ったが――。

顕子は何も、ダンスがしたくて来ていたわけではなかった。

《鹿鳴館《ろくめいかん》》以来、ダンスは華族の婦女のたしなみとされてきた。顕子自身も幼い頃から雇われの外国人舞踏教師について、正式にダンスを習っている。その顕子の目には、できたてのホールで繰り広げられるダンスは、時折音の外れるバンド演奏も含めて、参加するにはいささか野暮《やぼ》過ぎたのだ。顕子にとってダンスとは、もっと優美で繊細なものだった。いくらホールが狭いとはいえ、別の組と背中がぶつかり、自分のパートナーの足を踏んでいるような人たちと一緒にダンスをする気には、さすがになれなかった。

ただ見ているだけで良かった。

呆れるほどに野暮ったく、洗練されていないかもしれないが、このダンスホールで踊る者たちは皆、ある意味、ひどく真剣だった。バンドの演奏に合わせて、彼らは生真面目な顔でステップを踏み、体を入れ替えてコマネズミのようにくるくると回転する。別の組とぶつかり、あるいは相手の足を踏んでパートナーもろともその場にばたりと倒れても、すぐに起き上がって、また踊りはじめる――その情景に顕子は魅了された。

どこにも行き着かない、何も生み出さない、ただ消費されるだけの無意味な情熱。それは、顕子が生きてきた環境では決して見られない種類の〝何か〟だった。ここにいれば少なくとも退屈しなくて済む。そう思えた。だが――。

どんなものにも裏と表がある。美しい面と醜い面。あるいは、自由と退屈が。

ある日、顕子は仲良くなったマコさんに誘われ、ダンスホールを抜け出して夜の街の散歩に出かけた。自分から誘っておきながら、その夜マコさんはなぜかひどく無口だった。しばらくすると、唐突に、

「ちょっとここで待っていて。すぐに戻るわ」

そう言って姿を消した。

辺りを見回すと、繁華街の外れの小さな公園前だった。道路から一本入った場所だ。近くの街灯の明かりが途切れ、公園の奥の方は暗い闇に包まれている。

「……お嬢さん」

暗がりから声をかけられた。

声がした方に顔を向けると、暗がりの中から何人かの男たちがぞろぞろと足を引きずるよ

うにして姿を現した。ざっと見る限り、洋装と和装が半分ずつ。全員胸元をはだけ、揃いも揃って崩れた恰好だ。流行の細いステッキを振り回す者。頭にカンカン帽を載せ、紺の絣《かすり》を尻《しり》っぱしょりにした〝和洋折衷〟姿の者も見える。

顕子は目を細め、すぐに彼らの正体に思い当たった。

昨今流行の愚連《ぐれん》隊。

薄っぺらで、洗練されていない悪党どもだ。一人では何もできないくせに、集団になると急に威勢がよくなる卑怯《ひきょう》者たち。自由な風潮が世の中に広がると、一方で必ずこんな連中がのさばり始める。

顕子はもう一度左右を見回し、妙なことに気づいた。一様に崩れた服装の若い男たちは、顕子を取り囲み、逃げ道を塞《ふさ》ぐような位置取りをしている。まるで、こうなることが予《あらかじ》め決まっていたかのように――。

そういうことか。

顕子は唇を噛《か》んだ。

裏切られた。マコさんが、わたしをこの連中に売ったのだ。

思い当たることがあった。

マコさんは最近時々、妙な甘い匂いを漂わせていることがあった。目付きがおかしい時があった。多分、アヘンだ。そのせいで――。

不意に背後から口を塞がれ、暗がりに引きずり込まれそうになった。

顕子はとっさに、口を押さえた相手の指に思いきり嚙み付いた。

痛っ！

背後の若い男が悲鳴を上げ、手を離した。

体ごとぶつかるように背後の男を突き飛ばす。そのまま自分を取り囲んでいた人の輪から逃げ出した。

この女《あま》！

くそっ、待ちやがれ！

芸のない罵声《ばせい》を背後に聞きつつ、顕子は全力で駆けた。目指すは明かりのある方角だ。すぐに街灯のある広い通りに出た。道行く人たちは、なんの騒ぎかと一瞬目を向けた後、しかし、顕子の後を追いかけてくる愚連隊どもの姿に気づくと、こそこそと道の両脇に身を寄せ、手を振って、係わりあいになるのを避けようとする。

腰抜け！

顕子は吐き捨てるようにそう言って走り続けた。次第に背後に男どもの罵声が迫ってくる。息が上がり、足が痛かった。臭い息が首筋にかかる……。

顕子は急角度に進路を変え、脇道に飛び込んだ。

すぐ目の前に人影が見えた。ぶつかりそうになって足がもつれた。道端に倒れ込むところを、背後から力強い腕で支えられた。

ハッとして振り返ると、背の高い、細身の男が立っていた。灰色の三つ揃いの背広に同じ色のソフト帽。目深《まぶか》にかぶった庇《ひさし》の下の顔は、陰になってよく見えない。二十五、六歳だろうか。日本人にしては彫《ほ》りの深い端整な目鼻立ち――そのくせ、目を逸《そ》らした瞬間どんな顔だったのか思い出せない、不思議な感じだ。

「……手間かけさせやがって」

荒い息遣いとともに声が聞こえた。

脇道の入口を塞ぐように、先頭に立って顕子を追いかけてきた目付きの悪い若者の顔が見えた。背後に大勢の人影。さっきより数が増えている。反対側に目をやると、顕子が無我夢中で飛び込んだ脇道は、運悪く、その先で行き止まりになっていた。

顕子は無意識に、ソフト帽をかぶった男の背中に隠れるように身を寄せた。

「あんた、その娘《こ》の知り合いかい？」

目付きの悪い若者がソフト帽の男に皮肉な口調で訊《たず》ねた。

「いや。たったいま会ったばかりだが……」

「だったら、係わりあいにならない方がいい。その娘を置いて、さっさと立ち去りな」

男はソフト帽に手をやり、小首を傾げるようにして顕子を振り返った。そして、すぐに、ごく丁寧な口調で顕子に申し出た。

「お家《うち》までお送りします」

愚連隊の若者は一瞬何が起きたのかわからない様子でポカンと口を開けた。無視されたことに気づくと顔色を変え、「野郎！」と叫びざま、目を三角にして飛びかかってきた。

ソフト帽の男が、頭子の腰に手を当て、ダンスのような滑らかな動きでくるりと身を翻《ひるがえ》した。

傍《かたわ》らを、黒い影が勢いよく通り過ぎる。

振り返ると、拳《こぶし》を固めて殴りかかってきた若者が道端に突っ伏すように倒れていた。ソフト帽の男が何かしたとは思えなかった。自分で蹴躓《けつまず》いて倒れたのだろうか？　それにしては、若者はうめき声を上げるばかりで起き上がってくる気配もない。

それまでニヤニヤと笑いながら様子を見ていた他の連中が顔を見合わせた。何人かの若者が懐に手を入れ、短刀を取り出すのが見えた。

「さ、行きましょう」

ソフト帽の男は平然とした口調でそう言うと、頭子をエスコートして歩きだした。

依然として、唯一の出入口には大勢の愚連隊の若者たちが立ち塞がったままだ。彼らに向かって歩きながら、男がひょいとソフト帽に手をやった。目深にかぶっていた帽子をぬぎ、顔を上げた……。

男が何をしたわけでもない。ただ帽子をぬぎ、顔を上げた——それだけだ。その瞬間、男の気配が変わった。愚連隊の若者たちの目が一様に大きく見開かれた。頭子は隣に並んだ男を見上げた。

男の背に、目に見えぬ黒い大きな翼が広がるのが〝見え〟た。

何人かの口から「ひっ」と、悲鳴らしき声が上がった。

二人が近づくにつれ、若者たちはじりじりと後ずさり、一人が逃げ出すと、雪崩《なだれ》を打ったように残りの連中が後に続いた。

愚連隊の連中が姿を消すと、男は再びソフト帽を目深にかぶり、何事もなかったかのように顕子を促《うなが》した。


大通りを少し歩き、道端に止めてあった黒塗りの車に案内された。

男は車で待っていた運転手に、一言二言、何ごとか小声で告げた。それから、顕子を振り返り、

「私は仕事が残っているのでご一緒できませんが、この者が車でお屋敷までお送り致します」

そう言って後部座席のドアを開けた。

顕子は、その場に足を止めたまま、じろりと目を上げて男を見た。

「助けて下さって、どうもありがとう」

ぶっきらぼうに礼を言い、相変わらずはっきり見えない男の顔にむかって訊ねた。

「でも、いったいどこにお送り下さるおつもりかしら。わたしが何者かご存じなの？」

「五條侯爵家三女、顕子様」

男は軽く唇の端を歪め、面白がるように答えた。

「そうお見受けしましたが？」

顕子は一瞬呆気《あっけ》に取られた。すぐに我に返って、相手の男に食ってかかった。

「それじゃ、本当は最初からわたしが誰なのかご存じだったのね。〝たったいま会ったばかり〟。さっきそう言った。なぜあんなつまらない嘘をついたの？」

「嘘をついたわけではありません」

男は軽く苦笑して言った。

「さっきお会いした時は、貴女がどこの誰なのか、少しも存じ上げませんでした」

「どういうこと？」

顕子は眉を寄せて呟いた。

「さっき会った時は知らなかったことを、どうして今は知っているの？　もしかしてあなた、千里眼の持ち主？」

「千里眼など必要ありません」

男は軽く肩をすくめた。

「生まれてこの方一度も家事をしたことがない奇麗な手を見れば、貴女がどの階級に属する方なのかは一目瞭然《りょうぜん》です。着物の柄に織り込まれた特殊な《祇園銀杏《ぎおんいちょう》》の家紋は五條侯爵家のもの。それに、最近仕事で華族年鑑を調べる機会がありましてね。貴女のお名前と年齢はそのとき見ています――タネを明かせばなんということもない。簡単な推理ですよ」

「えっ？　でも……だって……」

「貴女が口にされるそのわざとらしい蓮《はす》っ葉《ぱ》な言葉は」

と男は顔の前に指を立てて指摘した。

「最近、女子学習院で流行《はや》っているものですしね——もし本気で正体を隠そうと思っているのなら、もう少しちゃんとした偽装を考えられた方が良い」

顕子はポカンと口を開けた。

奇麗な手と家紋の織り込み、それに華族年鑑？

言われてみれば、確かにそうだ。だが、あの混乱した状況の中、一瞬で状況を把握し、正しい答えを出す？　そんなことが本当に人にできるものなのか？　ちゃんとした偽装？　この男はいったい……。

これまで顕子が一度も会ったことのないタイプだった。古いしきたりに縛られた華族階級の者たちとも違う、かと言ってダンスホールに集まる新時代の若者たちとも明らかに異なっている。もしかすると目の前の男こそが、窒息しそうなこの退屈から顕子を救い出してくれる唯一の存在なのではないか——。

男が口元に浮かべた笑みを見て、顕子は我に返った。子供扱いされていることに気づいた。あごを上げ、促される前に自分から車に乗り込んだ。

男がドアを閉めた後で、顕子は思いついて後部座席のガラスを軽く指でたたいた。窓を開け、相変わらず目深にかぶった帽子で目元を隠したままの男に訊ねた。

「あなたは何者なの？」

「私？　私が何者か、ですか？」

男は顕子の質問にちょっと驚いた様子だった。

「私は何者でもありません」

「返事になっていないわ」

顕子は唇を噛んだ。すぐに顔を上げ、

「いいわ。それじゃミスタ・ネモ――たしかラテン語で〝誰でもない〟は〝ネモ〟だったわよね？　ヴェルヌの空想科学小説に出てくる潜水艦の艦長の名前――今日のことで、あなたにちゃんとお礼がしたい。次はいつ会って下さる？」

男は無言のまま、皮肉な形に唇の端を歪めた。が、顕子が思いのほか真剣な表情で返事を待っていることに気づくと、男は皮肉な笑みを収め、真顔になった――仮面がはがれ、はじめて素《す》の顔が見えた。

男は小腰をかがめて車の窓に顔を寄せた。秘密を打ち明けるように、小声で顕子に囁いた。

「こう見えても、軍人でしてね。この後は、軍務でしばらく日本を離れることになっているのです。だから、次のお約束はできません」

「しばらく？　いつまで？」

「状況次第ですが」

と苦笑した男は、顕子の食い入るような真剣な視線に根負けした様子で口を開いた。

「二度とこんなことをしないと約束して下さいますか？」

顕子はこくりと頷《うなず》き、それから早口に続けた。

「その代わり、あなたも約束して。いつかわたしと踊って下さることを。ううん、すぐでなくてもいい。あなたが日本に帰ってきて、わたしがもっと大人になったら。その時は、今日のような変なダンスじゃなくて、ちゃんとした音楽に合わせて」

男は一瞬思案するように小首を傾げた。それからニヤリと笑い、

「お約束します」

そう言って、運転手に車を出すよう合図をした。

3

くだらない。

二十年以上も前のメロドラマだ――。

顕子はオペラグラスで舞踏室を眺めながら、皮肉な思いで呟いた。

オペラグラス中央のつまみを調整して、ピントを合わせ直す。カチッ、カチッ、という音とともに視界が変わる。遠くの世界が、より近くに見える。

オペラグラスがフロックコート姿の男を中央に捉《とら》えた。六つボタンの膝《ひざ》丈のダブルの上着に派手な縞《しま》柄のズボン。今日の舞踏会の主人《ホスト》、グルー駐日アメリカ大使だ。傍らには、かのペリー提督の縁者だというアリス夫人と娘のエルシーお嬢さんの姿も見える。ひっきりなしに挨拶《あいさつ》に訪れる客人の対応に、グルー夫妻は大忙しの様子だ。

オペラグラスを少し左に振ると、窓際に、グラス片手に胸を反らすようにして喋《しゃべ》っている茶色の背広姿の男が見えた。オット駐日ドイツ大使だ。茶色の背広に鉤十字《かぎじゅうじ》の腕章は何も仮装というわけではなく、昨今のドイツで〝ナチス服〟と呼ばれるものらしい。オット大使は大きな口を開け、景気よく喋っている。時々豪快に笑う。声が聞こえなくて幸いだ。そのオット大使と親しげに話し込んでいる燕尾《えんび》服姿の優男《やさおとこ》はインデルリ駐日イタリア大使。グラス片手に相槌《あいづち》を打つインデルリ大使の横顔には、終始にこやかな笑みが浮かんでいる。オット大使の周囲にはたくさんの日本人客が集まり、話に耳を傾けている。その一角が、会場でもひときわ賑《にぎ》やかな様子だ。

彼らから少し離れた場所に立ち、年配のご婦人のお相手を務めながら、時折ちらりと様子を窺《うかが》うように視線を走らせているのは、アンリ駐日フランス大使だ。アンリ大使の顔には心なしか恨めしげな表情が浮かんで見える……。

顕子は、唇の端に薄い笑みを浮かべた。

オペラグラスで盗み見る舞踏室の人間模様は、さながら世界政治の縮図だった。

昨年秋、欧州を舞台に再び始まった戦争ではドイツ軍が破竹の快進撃を続けていた。ドイツ軍の勢いは止《とど》まるところを知らず、今年六月にはパリ陥落の知らせが伝えられた。フランスはドイツに降伏。この欧州情勢を受けて、イタリアはドイツ側に立って参戦を表明した——若干、火事場泥棒めいている。

日本でも陸軍参謀本部を中心に「バスに乗り遅れるな」の合言葉が唱えられ、イタリアとともにドイツとの軍事同盟が締結された。わずか一年前に、ドイツが日本に極秘で独ソ不可侵条約を締結、外交上の〝騙《だま》し討ち〟を行ったことなどまるでなかったかのような有り様だ。一方アメリカは、現時点では欧州情勢に不介入の立場を表明している。今後のアメリカの出方次第で戦況が大きく変化する可能性があり、対応に注目が集まっていた。

尤《もっと》も、各国大使を中心とした男たちの政治的駆け引きなど、顕子の知ったことではなかった。

オペラグラスを左右に動かして、舞踏室に集まった人々に次々に焦点を合わせる。

会場の中心は、何と言っても華やかな服装の女性たちだ。各国大使館関係者をはじめ、舞踏会に招待された華族や財界のご婦人たち。中には、年頃の若い娘たちの姿も何人か見受けられた。親に連れられてきたのだろう、最近めっきり少なくなったこの手のパーティーに顔を出すのは初めてらしく、長い手袋をはめ、大きく刳《く》ったドレスの胸元をしきりに気にしている様子だ。薄く上気した彼女たちの顔には、初めての舞踏会への興奮と期待があふれている……。

ハッとして手を止めた。一瞬、舞踏会に初めて出た時の自分の姿が見えた気がした。初めて招待された宮中での舞踏会。出かける直前、顕子は身なりを確認しようと鏡の前に立った。鏡に映った自分の姿が、いま視界を横切った――。

オペラグラスを操作して、少女の姿を視界に捉え直した。

顕子は思わず苦笑を漏らした。同じようなドレスに、同じような髪型。確かに横顔も似ている。だが、こちらを向いた若い娘は、当然ながら、記憶の中の自分とはまるで違っていた。鏡の中の自分に向かって皮肉な笑みを浮かべた十六歳の顕子とは、似ても似つかない素直な、あどけない表情が浮かんでいる……。

不思議な気分にとらわれた。

本当にあれから二十年――いや、もっと経ったのだろうか？

愚連隊の一件の後、顕子は以前ほど街を出歩かなくなった。仲良くしていたはずのマコさんに裏切られた――〝売られた〟ことが時間が経つにつれてショックに思えた。たかだかアヘンを手に入れるための小銭と引き換えに、仲の良い相手を裏切る？　どうしてそんなことができるのか、理由がわからなかった。

距離を置き、醒《さ》めた目で眺めるうちに、顕子はあることに気づいた。

ダンスホールに集まる新しい人たちは何も、自由でも、退屈から遠ざけられていたわけでもなかった。

過去のしきたりが意味を失っていく中で、彼らのほとんどは溺《おぼ》れそうになっていた。何に価値があり、何に価値がないのか。決まったしきたりのなくなった社会では、すべては交換可能な貨幣価値に置き換えられる。マコさんにとって顕子との友情は〝アヘンを手に入れるための小銭〟程度の問題だった。彼女にとって顕子は〝どこの誰ともわからないアキちゃん〟に過ぎなかった。素性も知らない相手など、簡単に裏切ることができる。そこでは友情もまた小銭と交換可能なのだ。

ダンスホールに集まっていた新しい人たちは、畢竟《ひっきょう》愚連隊の連中と一枚のコインの裏表だった。自分一人ではどう振る舞って良いのかわからず、怯《おび》えた子供のように辺りを窺い、仲間と見るやたちまち群れをなす。そして、自分たちの間だけで通じる新たなしきたりを喜々として創りはじめる……。

何も考えずに古いしきたりどおりに振る舞っている華族階級の者たちと、何も変わりはなかった。

そのことに気づいてしまった以上、顕子にはもはや街に出る理由が見つからなかった。自由に見えたもの、退屈から遠ざけられているように見えたものは、みんな偽物だった。しきたり以前の未分化な状態。洗練されてもいないし、美しくもない。だとしたら、そんな物に付き合う必要はなかった。たとえ、新しいことなど何ひとつないとしても、息が詰まるような思いがしても、死ぬほど退屈でも、千年の歴史の中で美しく磨かれてきた家のしきたりの中で生きる方がまだましだ――そう思えた。少なくともそこでは、小銭と引き換えに裏切られる心配はない。

顕子は、それまで嫌っていた華族という衣を頭からすっぽりと被《かぶ》った。

明治開国時に西洋の貴族を真似て創られた日本の〝華族制度〟の唯一の目的は〝皇室の藩屛たること〟――皇室を護《まも》り、守《も》り立て、あるいは国民生活の亀鑑《かがみ》となって皇室の補佐にあたることだ。但し、女子は爵位を受け継ぐことはできない。政治家にも、軍人にも、学者にも、官僚にさえなれない。

逆に言えば、そのことさえ受け入れてしまえば、華族という枠組みの中でなら何をしても許されるということだ。顕子の行動はむしろ奔放になった――。


三年後。

顕子は突然、自分が婚約したことを告げられた。

父親の五條直孝侯爵が勝手に決めてきた相手の写真を見ようともせず、薄ら笑いを浮かべていると、侯爵は顔をしかめ、持て余したように首を振って言った。

「嫁ぎ先があっただけ、ありがたいと思え」

狭い華族社会の中で、顕子の評判を知らぬ者はなかった。運転手との駆け落ち。度重なる家出。愚連隊とのいざこざまで。当然のように様々な尾鰭《おひれ》付きだ。噂は大魚となって華族社会の間を泳ぎ回っている。

「家のためだ、受けろ」

父親の言葉に、顕子は口元に皮肉な笑みを浮かべて無言で頷いた。実際、顕子の存在が二人の姉の縁談、さらには五條家養子縁組の障害になっていたこともある。だがそれ以上に、顕子自身が、結婚などどうでも良い、相手など誰であろうと関係ない。そう思っていたのだ。

父親が決めてきた顕子の結婚相手は、加賀美正臣《まさおみ》陸軍大佐。陸軍幼年学校から陸軍士官学校、さらには陸軍大学校を卒業した〝生え抜きの陸軍エリート〟だという。写真の加賀美は、蜥蜴《とかげ》を思わせるのっぺりした顔に、何を考えているのかわからない切れ長の目をした男だった。しかし――。

顕子は首を傾げた。実家は麴町《こうじまち》に広大な屋敷を構える資産家だ。二十歳以上年が離れていること以外は〝どこにも嫁ぎ先のない〟顕子に回ってくるような悪い話とも思えない。

結婚話が持ち上がると、加賀美に関する様々な噂が顕子の耳に入ってきた（こと噂が伝わるスピードで、華族社会に勝る共同体は存在しない）。結婚は二度目。若い頃にやはり見合いで結婚した相手は二ヵ月後に家を飛び出し、そのまま列車に身を投げた。理由は加賀美正臣氏が男色家であることを知ったからだという。

「どうやら前の奥さん、自分の亭主が別の男に寝取られたことを知って、ショックで自殺したみたい」

訳知り顔で顕子の耳に囁く者がいた。いかにも同情するように目配せを送ってくる者も何人もいた。

顕子は――むしろ拍子抜けする思いだった。なんだ、そんなことか。そう思って苦笑した。軍人に同性愛者が多いのは常識だ。軍隊にせよ、女学校にせよ、同性のみを集めて純粋培養を試みる集団では同性への関心が当然ながら高くなる。周囲に同性しかいないのだから無理もない。加賀美はその傾向が他人より若干強い。それだけの話だ。

顕子は積極的に話を進めるよう、父親に働きかけた。

結果として、この結婚は正解だった。

婚礼の日、初めて顕子と顔を合わせた加賀美正臣は、顕子の顔を一目見るなり、すっと眉を上げ、すべてを察したようにニヤリと笑った。

「お互い、好きにするさ」

並んで座った雛《ひな》壇の上で顕子にそう囁くと、その後は顕子がどこで何をしようが、一切文句を言うことはなかった。ただ、公の席に出る場合は必ず隣にいるよう命じられただけだ。

加賀美にとって顕子との結婚は、同性愛者を異端視する者たちへのアリバイ作り、と同時に己の出世のための手段だった。千年の家柄を持つ清華家五條侯爵との血縁関係は〝田舎者〟の多い陸軍上層部に対して充分にアピールする要素だ。

その後、加賀美は陸軍内での出世コースを順調に歩んだ。

参謀本部員、陸軍大学校教官を経て参謀本部第一部長。短い間だが関東軍副司令官として満州に駐在（無論〝単身赴任〟だ）。階級は、大佐から、少将、中将へと進み、加賀美陸軍中将はいまや〝次期陸軍大臣有力候補〟とも目されている。

尤も〝結婚は家同士の取り引き〟だとすれば、得たものは五條家の方がむしろ大きかったとも言える。

身内に陸軍中将という強力な後ろ盾を得た顕子の父五條直孝侯爵は、貴族院での発言権を強め、いまでは馬鹿面《づら》を晒《さら》して議長席にふんぞりかえっている。

加賀美との結婚――完全な放任主義――は、顕子個人にとっても好都合だった。どんなこと、とも引き際さえ間違えなければ表沙汰《ざた》になることはない。新聞に嗅《か》ぎ付けられるようなへまさえしなければ良いのだ。華族の間だけならば、どんな噂も「醜聞がまた一つ」と意味ありげに顔を見合わせ、目配せを交わして、それで終わりだ。

年々歳々花相似
歳々年々人不同

絶え間無く流れ落ちる時間の砂の中で、見知らぬ者同士が交わした小さな約束など簡単に埋もれ、見失われてしまう……。

4

二十年——。

長い時間だ。

顕子はオペラグラスを使って舞踏室で繰り広げられる人間模様を眺めながら、過ぎ去った時間に思いを馳せた。

あれから大きな地震があった。大正から昭和に移り変わり、世界的な恐慌が世の中を騒がせた。血腥《ちなまぐさ》い二度のクー・デター。軍部が次第に力を持つようになり、中国で戦争が始まった。

大小の記憶が絡まりあい、いったいそれがいつのことだったのか定かでないくらいだ。

顕子の脳裏に、ある情景が浮かんだ。

一度だけ、あの人の写真を見たことがある。

一年、いや、もう少し前だったか？

雨が降っていた。

おかげで予定していた外出がなくなり、退屈して屋敷の中をぶらついていた顕子は思いついて二階の奥の一室に向かった。普段は立ち入ることのない加賀美専用の書斎——結婚してから一度も入ったことのない〝夫の仕事部屋〟だ。

ドアを開けた顕子は、中を見回して思わず顔をしかめた。視界に入るものといえば、壁を埋め尽くすたくさんの勲章やトロフィー、大小の銃のコレクションといったものばかりだ。目を楽しませるための絵一枚、書一幅、花一輪見当たらなかった。およそ趣味には合わない部屋の中に、顕子は怖いもの見たさで歩を進めた。

壁に、たくさんの勲章をぶら下げた軍服姿の肖像画が一枚掛かっているのを見つけ、正面に立った。

加賀美も歳をとった。

顕子は感慨もなく呟いた。のっぺりとした蜥蜴を思わせる顔の印象は変わらない。ふと、絵の中の男が鼻の下に髭《ひげ》を蓄えていることに気づいた。結婚した時は髭などなかったはずだ。いつ伸ばしはじめたのか？　思い出そうとしたが、ちょっと思い出せそうになかった。考えてみれば、加賀美ももう六十近い年齢だ。年齢相応、陸軍中将相応の貫禄《かんろく》が必要ということか。それにしても——。

（こんな絵をいったいいつ描かせたのだろう？　第一、子供じゃあるまいし、こんなにたくさんの勲章を人前でぶら下げて恥ずかしくないのだろうか）

顕子は顔をしかめ、肩をすくめて振り返った。何げなくデスクの上の書類を見渡して、ハッと息を呑《の》んだ。

書類の間から半ばはみ出すように、一枚の写真が覗いている。その写真にうつっている男の顔に見覚えがあった。

ミスタ・ネモ。

〝誰でもない〟男だ——。

デスクに歩み寄り、写真に手を伸ばしかけたその時、急に書斎のドアが開いた。

振り向くと、加賀美の姿が見えた。

加賀美は目を細め、デスクの脇に立つ顕子に訝しげに訊ねた。

「……何をしている？」

「別に。何も」

顕子は写真に伸ばしかけていた手を下ろし、肩をすくめて答えた。

「退屈だったから」

加賀美はフンと鼻を鳴らした。これだから華族のお嬢さんはいつまでも困ったものだといった顔付きで首を振り、大股《また》に歩み寄ると、そのまま椅子に腰を下ろした。

「用がないのなら出て行ってくれないか」

デスクの上の電話機を取り上げ、傍らに立つ顕子をじろりと見上げて言った。

「これから大事な電話をかけなければならないのでね」

顕子は無言で頷き、物憂げに視線をデスクに落とした。

「その人は?」

さりげなく訊ねたつもりだったが、かすかに声が震えた。

加賀美は顕子の視線を辿《たど》り、書類からはみ出した写真に気づいて小さく舌打ちをした。書類をまとめ、デスクの引き出しを開けて無造作に突っ込んだ。引き出しを閉めて、鍵《かぎ》をかけた。

顔を上げ、顕子がまだそこに立って返事を待っていることに気づくと、加賀美は珍しく不機嫌な表情を浮かべた。

「何でもない。とっくに死んでいたはずの男だ」

忌ま忌ましげな口調でそう言うと、手を振って、部屋から出て行くよう命じた。

顕子は書斎を出た。後ろ手に閉めたドアに背中をもたせかけて、小さく息をついた。

とっくに死んでいたはずの男。

たった今耳にした言葉を頭の中で反芻《はんすう》する。

裏を返せば生きているということだ。

顕子は目を閉じた。

十五歳の時、愚連隊から顕子を救ってくれたあの人とはそれきりだった。相手の名前を聞き忘れたことに気づいたのは屋敷に戻った後だ。自分では落ち着いていたつもりでも、やはり動揺していたのだろう。ミスタ・ネモ。誰でもない男とは連絡の取りようがない。

顕子にできるのは待つことだけだった。今日こそあの人から連絡があるのではないか。朝、目が覚めて、何度そう思ったかしれない。だが、いくら待っても、何の音沙汰もなかった。

半年経ち、一年経ち、二年経つうちに、顕子の心は次第に醒めていった。

ほかの人たちと同じだ。あれは、その場限りの約束だったのだ――そう思おうとした。諦《あきら》め切れず、一度人を雇って調べさせたこともある。

手掛かりは「軍人」ということ。それから「この後、軍務でしばらく日本を離れることになっている」と言ったあの人の言葉だ。

もう一つ。

顕子が知る限り、若い軍人は、陸海軍を問わず、みんな判で押した様に〝坊主刈り〟と相場が決まっていた。あの人は一見軍人とはわからない長い髪をしていた。服装も、立ち居振る舞いも、言葉遣いも、とても軍人とは思えなかった。あんな「軍人」が何人もいるはずがない。

ちょうど、女子学習院で〝探偵〟を使うのが流行していた。顕子は、何度か探偵を使ったことがあると自慢していた友人、大崎千代子に頼んで〝一番優秀な探偵〟を紹介してもらい、調査を依頼した。

「まいったな。軍絡みの調査は勘弁して下さいよ」

と最初は難色を示した探偵も、顕子が提示した金額を聞くととたんにやる気になった。

だが、結果として、探偵の調査は不確かな噂を顕子に伝えただけだった。

噂とは〝ちょうどその頃、陸軍の情報部からドイツに派遣された人物がいる〟というものだ。

「年恰好は御依頼の調査対象相当です。但し、任務の性質上、当人の名前も階級も経歴も、一切明かされていません」

そう報告した探偵は、顕子に新聞の切り抜きを差し出した。

〝スパイ容疑で日本人電気技師を逮捕〟との見出しが赤く丸で囲んであった。記事の内容は〝横浜で外壁に電気ボックスを装った盗聴器が発見された。同様の装置を見かけた場合、当局に通報するよう〟新聞読者に呼びかけたものだ。

顕子は目を上げ、眉を寄せて、記事の意味を訊ねた。

「貴女が横浜で調査対象に会った翌日の記事です」

探偵は煙草を取り出し、一服してから答えた。

「当時、日本軍の機密情報が外国に漏れるという事件が立て続けに起きていましてね。その原因を特定したのがこの記事というわけです。本件を摘発したのが御依頼の調査対象人物だったと……ま、これもあくまで噂ですがね」

顕子はふんと鼻を鳴らした。ダンスホールは外務省や海軍省の外国人接待にも利用されていた。外国の艦隊が入港する度に、将兵が踊りに来ていた。彼らは何も、全員がダンスを楽しむためだけに来ていたわけではなかったということだ。

探偵は煙草を一本吸い終わると、大きくため息をついた。頭を掻《か》き、「じつは、ここから先はちょっと申し上げにくいことなのですが」と前置きをしてから、報告を続けた。

「どうやら御依頼の調査対象は、直後に派遣された外国で敵に捕らえられ、処刑されたという話なのです。陸軍の上層部に売られた——そんな噂もあるようです。いや、あくまで噂ですよ、噂。その人物については陸軍の機密扱いになっていましてね。これ以上は、さすがの私でも確認のしようがありませんでした」

探偵の報告を、顕子は無言で聞いた。約束の調査料をその場で支払い（屋敷から持ち出した五條家伝来の家宝を売って作ったお金だ）、無言で席を立った。

父親が勝手に決めてきた結婚話を承諾したのは、そのすぐ後のことだった。

ミスタ・ネモは死んだのだ。

顕子は自分にそう言い聞かせた。無理にでもそう思おうとした。だが——。

生きていた。あの人は死んだのではなかったのだ。

顕子は屋敷の二階の暗い廊下を歩きだした。いつの間にか口元に笑みが浮かんでいた。頬が薄く上気していた。

〝お約束します〟

別れ際のあの人の言葉が、一瞬、鮮やかに耳に甦《よみがえ》った。

あの人の約束が、顕子の今後の人生を左右することになる。そんな予感めいた不思議な確信があった——たとえそれがくだらないメロドラマだとしてもだ。

5

舞踏室では、いよいよ準備が整い、楽団が音合わせを始めた様子だった。

音楽が始まった。

一曲目はフォックストロット。ラグタイム風の軽快な四拍子——いかにもアメリカ大使館らしい。

早速、何組かの俄かペアができあがり、舞踏室の中央に歩み出た。音楽に合わせて彼らがステップを踏みはじめた後も、顕子は隣の談話室の椅子に座ったままだった。何人かの男性が目の前に現れ、ダンスの申し込みをされた。が、無言で首を振ると、それ以上はしつこく誘われることもなかった。

顕子は椅子に腰を下ろしたまま、華やかなダンスが繰り広げられる舞踏室を眺めた。

汐汲みに扮した戸部山千代子が、長身の外国人に手を取られて楽しげに踊っていた。満面の笑み。舞踏会を心から楽しんでいる様子だ。一曲終わると、すぐに別の相手からダンスを申し込まれている。フォックストロット、タンゴ、ルンバ、と次々に曲が変わっても、休むことなく踊り続ける。ダンスの途中、時折ステップを踏む足を止め、大きく息をついて、周囲の笑いを誘っている。

顕子は古くからの友人の張り切りぶりをしばらく眺めて、かすかに苦笑した。お互いもう若くはないのだ。あんなに踊れば明日の朝はきっと体が痛くて動けないに違いない……。

真顔に返り、改めて舞踏室に集まった客人を点検した。

会場には様々な扮装の者たちが集まって来ていた。仮面舞踏会の触れ込みを真に受けて顔全体を覆う仮面をつけてきた者。目元を覆う仮面だけの者。道化や天使に扮した者。千代子のような和装の者も少なくない。燕尾服も、ここでは一種の仮装と言えなくもなかった。全員が見た目どおりの人物とは限らない。

顕子は舞踏室に入って行くタキシードの男に目を留めた。

背恰好はちょうどあのくらい。横顔《プロフィール》もよく似ている――。

慌ててオペラグラスのピントを合わせた。

違う。あの人じゃない。

顕子は落胆の息をついた。腰をかがめてドイツ大使に挨拶する男の口元に汚い乱杙歯《らんぐいば》が覗いていた。あの人が、あんな間抜けな愛想笑いをするはずがない……。

オペラグラスを左右に振って、ダンスを続ける人込みに順にピントを合わせる。

違う。こっちも違う。あれも、これも違う。

顕子は唇を噛んだ。

現れるはずがない。

オペラグラスを覗きながら、声に出さずに自分に言い聞かせる。言い聞かせられないはずはない、二十年以上もそうしてきたのだから——。

あの人と踊れるとしたら、今日が最後だ。

中国大陸での長引く戦争のせいで、オリンピックも万国博覧会も中止となった。時局《じきょく》。非常時《ひじょうじ》。

そんな耳慣れない言葉とともに政府は国民生活への締め付けを次第に厳しくしていた。贅沢《ぜいたく》は国家によって禁止された——冗談や、笑い話ではない。宝石や高価な着物、香水や果実の販売までを制限する法令が制定されたのだ。

「贅沢は敵だ！」

と書かれた立て看板が東京市内のあちこちに設置された。政府の方針に率先して従ったのが、愛国婦人会や国防婦人会所属の女性たちだった。彼女たちは自発的にパトロールに繰り出し、専《もっぱ》らパーマネントや指輪、アイシャドウ、マニキュア、あるいは派手な色や柄の服を着た女性に文句をつけて回っていた。錦《にしき》の御旗《みはた》を手にした婦人らは同性にほど手厳しく、最近では子供たちまでが母親を真似て街に繰り出し、派手な服装の女性を見つけては、集団で取り囲んで囃《はや》し立てる有り様だ。

顕子も一度、銀座で悪ガキどもに取り囲まれたことがある。悪ガキどもは「パーマネントはやめましょう！」「華美な服装は控えましょう！」などと、自分ではろくに意味もわからない言葉を大声でわめきながら行く手を遮り、子猿のようにまわりを跳びはねた。足を止めた顕子は、薄く笑みを浮かべ、悪ガキどもを見回した。それから、自分で自分のドレスの裾《すそ》を持って、ゆっくりと引き上げた。途中から悪ガキどもはわめくのを止めた。ポカンと口を開けて、徐々に引き上げられるドレスの裾に目が釘付《くぎづ》けになった。膝丈まで引き上げたところで、顕子はぴたりと手を止めた。

バサリ、と一気に裾を払い、正面に立ち塞がっていた悪ガキどもを勢いよく突き飛ばすと、ヒールを高く鳴らして歩きだした。背後から怯えたような泣き声がいくつも聞こえたが、顕子の知ったことではなかった。

贅沢禁止の風潮は、当然の様にダンスホールにも及んだ。

一昨年の七月からダンスホールへの婦人客の入場は禁止され、男性客も氏名・住所の本人確認書類が必要となった。さらに昨年の七月三十一日には「今後三カ月の猶予を置いて全館閉鎖」の通達があり、十月末日をもって、すべてのダンスホールが閉鎖となった。新聞によれば、最終日のホールは「芋の子を洗うよう」だったという。

皇紀二千六百年記念式典が行われたのは、そんな雰囲気の中でだ。式典前夜、街からは一夜にして「贅沢は敵だ！」の看板が姿を消した。代わりに、

「祝へ！　元気に朗《ほが》らかに」

と書かれた看板で通りが埋め尽くされた。

この数日は東京市内を思いきり派手に飾り立てた花電車が走り回っている。禁止されてい

た旗行列、提灯《ちょうちん》行列、山車《だし》、みこしの姿があちこちで見られ、昼酒が無料でふるまわれている。だが――。

そのお祭りも、今日で終わりだ。

顕子は昨日、屋敷に運び込まれてきたポスターを何げなく手に取り、思わずぞっとして放り出した。盛大に積み上げられた大量のポスターには、

「祝ひ終った　さあ働かう！」

との文句が大きく躍っていたのだ。

明日からの締め付けが式典前よりいっそう厳しくなるのは火を見るより明らかだ。いくら外国の大使館の中とはいえ、日本人客を招いた舞踏会が開かれるのは今日で最後だろう……。

気がつくと、いつのまにか舞踏室から千代子の姿が見えなくなっていた。踊り疲れて帰ったのか、年甲斐《がい》もなくはしゃぎ過ぎて気分が悪くなって連れ出されたのか。

舞踏室で奏でられる音楽は、その間も、フォックストロット、タンゴ、エールブルース、そしてまたフォックストロット、パソドブレ、と目まぐるしく移り変わった。

ワルツは一度もかからなかった。

二十年前、横浜のダンスホールではワルツばかりだった。いまでは、ワルツは時代遅れなのだろうか――。

顕子は視線を上げ、壁の時計を確認した。

もうすぐ日付が変わる。日付が変われば、舞踏会はお開きになる。

あと少しだけ待とう。

顕子は自分に言い聞かせた。もう一曲だけ。あと一曲だけ待って、それで現れなければ、何ごともなかったかのように帰るだけだ。

顕子はそう決めると、無意識の内に詰めていた息をそっと吐き出した。

まもなく曲が終わる。

音楽が変わった。

6

ワルツだ。

顕子は思わず座っていた椅子から立ち上がった。

四分の三拍子、優美で典雅な円舞曲《ワルツ》。

でも、なぜ？　いったいどうして……。

耳元で囁くような低い声が聞こえた。

――踊っていただけますか。

振り返ると、すぐ横に黒いドミノをつけた長身の男が立っていた。顔の上半分を覆う仮面と一続きになったフード付きの長衣。白い手袋。

あの人だ。

顕子はそう直感した。

無言のまま、軽くあごを引くようにして頷いてみせる。

黒いドミノの男の後について、顕子はその日はじめて舞踏室に足を踏み入れた。

音楽はすでに始まっていた。舞踏室のフロアはワルツを踊る人たちで込み合っていたが、黒いドミノの男が進むと、踊る人の壁がさっと左右にわかれて道が開ける。まるで紅海を歩いて渡ったというモーセの後をついて歩いているような気分になる。

いや、そうではない。

顕子はすぐに気づいた。逆だ。黒いドミノの男がフロア全体に意識を張り巡らせ、踊っている何組もの人たちの次の動き、さらにはその先の動きまでを正確に予測して歩いているのだ。

男は無人の野を行くが如くにフロアの中心まで悠然と歩を進め、そこで足を止めて、顕子を振り返った。

顕子は、黒いドミノの男と正面から向かい合った。フードつきのドミノの陰になって顔は見えない——。

男がゆるやかに動いてポジションを作る。顕子は促されるまま、左手を相手の二の腕の上に置いた。それから右手を伸ばして、相手の左手をそっと握った。

男の手は手袋の上からでもわかるくらい、ひんやりとしていた。まるで作り物の手のような堅さだ——。

呼吸を合わせて、動き始める。

一歩目は体の重心を低く。二歩目で体を浮き上がらせ、三歩目の終わりでまた体を沈める。〝ライズ&フォール〟。流れるようなワルツの三拍子。

ナチュラル・ターンからオーバーターンド・ターニング・ロック、ウィング、シャッセ・ツー・ライト。

黒いドミノの男のリードに合わせて、顕子の体はくるくると回転する。

足を止めて、テレマーク。スローアウェイ・オーバースウェイ。

顔を上げると、高い天井から吊《つ》るされたシャンデリアがキラキラと輝いて見えた。

引き起こされ、次のステップ。

シャッセから、ナチュラル・ターン。スピン・ターンにつなげて、ターニング・ロック……。


ワルツは別の世界に通じる扉だ。

踊っている間は自分が何者なのかを忘れられる。

過ぎ去った時間を取り戻すことができる。

顕子はふと、自分が黒い大きな翼で包まれている気がした。十五歳の小娘だったあの日、あの人の背中に〝見た〟のと同じ黒い翼だ。あの人が翼を広げた瞬間、愚連隊の若者たちはたちまち怯えて逃げ出したが、翼の中は暖かで、心地よく、安心できる場所だった。大丈夫。こうしている間は嫌なことなど何ひとつ起こらない――無条件にそう確信できた。

顕子は相手のリードに身を委《ゆだ》ねてワルツを踊った。踊り続けた。流れるような優美なステップ、そしてターン。

このままずっと踊り続けていたい。曲が終わらなければ良い。そう願った。

だが、永遠に続くものなどこの世には存在しない。

乾いた砂が指の間からこぼれ落ちるように曲が終わる。楽士たちが手を止めると同時に、舞踏室を支配していた音楽が鳴り止んだ。

顕子は足を止め、黒いドミノの男と改めて向き合った。顔が上気し、軽く息が上がっているのが自分でもわかった。握っていた相手の手を放し、ポジションを解いた。

顕子はその場に足を止めたまま、上半分が仮面に覆われた相手の顔をじっと見つめた。

ふいに、黒いドミノの男が手を伸ばした。

ひやりとした男の指先が顕子の首筋に触れる。

ドミノの男は上体を傾け、頬が接するほど顕子に顔を寄せた。顕子の耳元で、低く囁いた。

――二度とこのようなことはなさいませぬよう。

記憶の中のあの人の声が、氷でできた鋭利なナイフのように深々と胸に突き刺さる。

男の肩越しに何げなく目をやった顕子は、次の瞬間「あっ」と小さく声を上げ、その場にくずおれた。

7

「舞踏会で少々はしゃぎ過ぎたそうだな」

屋敷に戻ると、一階の客間で寛《くつろ》いでいた夫——加賀美陸軍中将が、帰ってきた顕子には目も向けず、独り言のように言った。

「さっき連絡があったよ。戸部山男爵夫人と一緒にアメリカ大使館の医務室で手当てを受けたんだと？　ふん。五條家のお嬢さんもさすがにもう若くはないということだ。これを機に少しは落ち着くんだな」

顕子の方もまた加賀美の言葉を無言で聞き流し、そのまま階段をあがって二階の自分の部屋に入った。ドアを閉め、化粧机の前の椅子にすとんと腰を下ろした。

鏡に自分の姿が映っている。

首元のつまった濃い紫のシンプルな形のドレス。色白の瓜実顔《うりざねがお》。世の中を斜《はす》に見ているような化粧で隈《くま》取《ど》られた大きな目。唇の端には皮肉な笑みが浮かんでいる。若干青ざめているが、いつもの通りだ。大丈夫。これなら何があったのか誰が見ても気づかない……。

両手を首の後ろに回して、首元を飾っていたチョーカーを外した。チョーカーに付けた小さな銀のペンダントを指先で操作する。カチリ、と音がして蓋《ふた》が開いた。

思った通り、空《から》だ。

顕子はそっと息をついた。ペンダントの中に隠していた品――帝国陸軍の機密書類を写し撮ったマイクロフィルムがなくなっている。

首筋に、黒いドミノの男の指先のひやりとした感覚が甦った。

あの時、ペンダントの中のマイクロフィルムを抜き取られた。そうとしか考えられなかった。

顕子は空のペンダントから目を上げ、再び鏡の中の自分と向き合った。

まさか、あの人が本当に現れるだなんて……。

今夜の舞踏会で、顕子は何もあの人を捜していたわけではなかった。

顕子が捜していたのは別の顔だ。半年ほど前、友人に誘われて遊びに行った軽井沢の秘密倶《ク》楽部《ラブ》で出会った青年――顕子にオペラグラスを渡し、「これを使って加賀美陸軍中将が自宅に持ち帰る機密書類を写して来てください」と耳元で囁いた美青年、桐生友哉《きりゅうともや》の色白の顔。

桐生は巧みな話術で顕子の歓心を買った後、顕子にオペラグラス型の特殊カメラの使い方を教え（「このつまみを回すと写真が撮れます。ね、簡単でしょう?」）、「お屋敷前のポストに白墨で線が書いてあるのを見たら、中将の書斎にこっそり忍び込んで鞄《かばん》の中の書類を一枚ずつ写して来てください」、何でもないようにそう言って、ぞくりとするような笑みを浮かべた。白墨の線一本は上野の演奏会、二本は歌舞伎座、三本は新橋《しんばし》演舞場。逢い引きは決まって、オペラグラスを持っていて不自然でない場所だった。これまでに何度か、指示された通り情報を渡した。

今夜の舞踏会に桐生友哉はなかなか姿を見せなかった。

実を言えば、これまでにも何度かすっぽかされたことがある。気まぐれな相手の行動を、顕子は笑って許してきた。来なければ、次回何事もなかったかのような平気な顔で現れる桐生友哉にまとめて渡すだけだ。顕子にもその程度の余裕はあった。

今夜顕子がずっとオペラグラスを手放さなかったのは、何も若い男との逢い引きに浮かれていたからではない。仮面舞踏会。桐生友哉がどんな恰好をして来るのかわからなかった。顕子は気まぐれな愛人の姿を捜してオペラグラスを覗いていた。その間、二十年以上も前のメロドラマが、なぜだかしきりに思い出された——。

だから、黒いドミノの男が現れ、ワルツを申し込まれた時は正直驚きだった。

あの人だ。

顕子はそう直感する一方、不思議な偶然に驚いた。確かに二十年以上も前の約束を守るとすれば、今夜が最後の機会だった。だが、まさか本当に現れるとは……。

混乱したまま舞踏室にエスコートされ、ワルツを一曲踊り終えた。踊っている間は、まるで十五歳の小娘に戻ったような気分だった。

踊り終わって、相手の男が耳元で囁く言葉を聞いた瞬間、顕子は氷でできたナイフを胸に突き立てられた気がした。

〝二度とこのようなことはなさいませぬよう〟

全部バレている。この人にはすべてお見通しなのだ。でも……なぜ……？

混乱しながら、男の肩越しに目を向けた。視界の隅に、ある光景が飛び込んできた。両脇を屈強な男二人に挟まれ、舞踏室を退場していく仮面の男――。顕子は思わずあっと小さく声を上げた。彼だ、桐生友哉が逮捕された。そう思った瞬間、目の前が暗くなった。

倒れる前に体を支えられた。

目を開けると、見知らぬ若者が体を支えてくれていた。大丈夫だからといくら言っても聞いてもらえず、医務室に連れていかれ、やはり踊り過ぎて気分が悪くなったという戸部山千代子と並んで無理やり休まされた。

頃合いを見て医務室を抜け出した。談話室の椅子に置いたままのバッグを取りに戻ると、バッグの中からオペラグラスだけがきれいに消えていた。舞踏会が終わった後もまだぐずぐずとその辺りに残っていた人たちに、顕子はそれとなく黒いドミノの男を知らないかと尋ねてみた。不思議なことに、尋ねた相手は一様に首を傾げた。そんな仮装の男は今夜は見なかったと口を揃えて言われた。まるで、そんな男などはじめからいなかった、顕子が見た幻だったかのような扱いだ――。

顕子は鏡に映る自分の顔をぼんやりと眺めた。指先でペンダントを弄《もてあそ》びながら自問した。

これからわたしはどうなるのだろう?

顕子がしていたのは、陸軍の機密情報を盗み出すスパイ行為だ。

桐生友哉と同じように逮捕される？　このわたしが？　スパイ容疑で？

眉を寄せた顕子は、しかし、すぐにゆるゆると首を振った。

逮捕されることはあるまい。顕子が──貴族院議長五條直孝侯爵の娘にして、次期陸軍大臣とも目される加賀美陸軍中将の妻である顕子がスパイ容疑で逮捕されることはない。そんなことになれば世間は大騒ぎになる。騒ぎが大きくなり過ぎる。第一、もし逮捕するつもりなら、今夜の舞踏会で証拠品もろとも身柄を押さえられていたはずだ。

桐生友哉は？

顕子は、若い愛人の色白の整った顔立ちを思い浮かべて軽く肩をすくめた。桐生友哉に会うことは二度とあるまい。彼が本当は何者であったのか（顕子に告げたのはどうせ偽名だろう）、どこの国のために働いていて、何が目的だったのか。彼の正体を知る機会は永遠に失われたのだ。

顕子は少し残念な気がした──だが、ほんの少しだ。

桐生友哉も、彼に頼まれたスパイ行為も、顕子にとっては所詮は暇つぶしのひとつだった。

──昔からあなたはいつもそうだった。

顕子は鏡の中の自分に向かって皮肉な口調で呟いた。

あなたは退屈だったから、運転手を駆け落ちに誘った。退屈だったから、家出を繰り返した。退屈だったから、ダンスホールに入り浸った。そして、同じように退屈だったから、スパイの真似ごとを始めた……。

スパイに興味を持ったのも、ほんの偶然だった。

一年ほど前、顕子は加賀美の書斎で偶然あの人の写真を見つけた。ミスタ・ネモ。〝誰でもない〟男。てっきり死んだとばかり思っていたあの人が、いまも生きていることを知った。あの人は外国で捕まって、処刑されたわけではなかったのだ。顕子は興味を持った。あの人がその後どうなったのかを知りたくなった。

女学生だった頃に使った探偵を思い出し、彼を呼び出した。すっかり白髪が目立つようになった探偵は、顕子の依頼に「軍絡みだけは勘弁して下さいよ」と昔と同じようにぼやき、金額を提示されるとやはり渋々といった様子で調査を引き受けた。

三週間後、探偵から聞かされた調査結果は意外なものだった。

最近、陸軍内部に新たに極秘情報機関が作られた。一般の大学を出た優秀な若者たちを採用してスパイを養成する〝新〟情報機関は、従来、軍人以外の者を〝地方人〟と呼んで蔑視《べっし》してきた日本陸軍の中では極めて異色の存在だ。

異例ずくめのこの情報機関を、周囲の反対を押し切ってたった一人で作りあげた人物がいる――どうやらそれがあの人らしい、と言うのだ。

報告を聞いて、顕子は首を傾げた。

確かに、かつて顕子が依頼した時も、あの人は「陸軍情報部の人間の可能性が高い」という調査報告だった。だが、同時に「その人物は派遣先で敵に処刑された」、しかも当時の陸軍上層部に〝売られた〟という噂まであったはずだ。その同じ人物が、二十年以上経った今になって「陸軍内部に情報機関をたった一人で作り上げた」などということが果たしてあるだろうか？　何だか辻褄《つじつま》が合わない気がする。

顕子の疑問に、探偵は肩をすくめ、「何しろ軍の話ですからね。何があったのか詳しいことは私にもわかりませんが」と前置きして続けた。

「この異色のスパイ養成機関については、陸軍の上の方が相当カリカリしている様子です。中には〝弾は前から飛んで来るとは限らないぞ。せいぜい気をつけるんだな〟、そんな捨て台詞《ぜりふ》を吐いた陸軍のお偉いさんもいるとか、いないとか……」

D機関。

探偵の話では、異色のスパイ養成機関は陸軍内部ではそう呼ばれているらしい。

顕子がスパイに興味を持ったのはそれからだ。そんな時、遊びに行った先で偶然知り合った桐生友哉にスパイ行為をもちかけられた。だが――。

所詮はスパイの真似ごとだ。

そんなことは顕子が自分で一番よくわかっている。

陸軍内部に周囲の反対を押し切って異色のスパイ養成機関を作り上げたほどの人物なら、顕子のスパイ行為の真似ごとなどとっくに気づいていた、見抜いていたはずだ。そのうえで自由に泳がせていた。なぜか？　考えられる理由は、顕子が加賀美の書斎に密《ひそ》かに忍び込み、マイクロフィルムに写し撮っていた書類など本当は大した機密情報ではなかったということだ……。

そこまで考えて、顕子は眉を寄せた。

それならなぜ、あの人は今夜わざわざ自分から姿を現したのか？

黒いドミノをつけて正体を隠していたとはいえ、アメリカ大使館主催の舞踏会で顕子とワルツを踊り、自分の手で証拠の品を回収することにリスクがなかったはずはない。マイクロフィルムとオペラグラスを回収するためなら、ほかにいくらでもやり方があったはずだ。

顕子と二十年以上も前に交わした約束を守るため？　いや、多分違う。そうじゃない。あの人がそんなメロドラマに執着するとは思えない。もしかすると——。

顕子の脳裏に、ゆっくりとある可能性が浮かび上がってきた。

あの日。

顕子への報告をいったん終えた探偵は、席を立つ直前、「これはご報告すべきかどうか迷ったのですが」と暫《しば》く口ごもった後、最後にこう付け足した。

「さっきの〝弾は前から飛んで来るとは限らない〟云々《うんぬん》の台詞——異色のスパイ養成機関を潰《つぶ》そうとしている陸軍内の最右翼の人物は、どうやらあなたのご亭主——加賀美中将だという噂なんですよ」

顔色が変わるのが自分でもわかった。

そう言えばこの半年ほど、屋敷で会う加賀美は苛々《いらいら》していることが多かった。陸軍幼年学校から陸軍士官学校、陸軍大学校出身の〝エリート陸軍軍人〟である加賀美にとって、軍外の者たちを集めて作ったスパイ組織など絶対に容認できない存在だ。そのくらいのことは、顕子にもわかる。ましてや、探偵の報告によれば、彼らは着実に、かつ目を瞠《みは》るような成果を挙げつつあるという。

幼年学校以来、生え抜きの陸軍軍人同士の〝美しい絆《きずな》〟をもっとも大切にしてきた加賀美が、陸軍内の異物――腐った林檎《りんご》――を何とかして葬り去ろうとしても不思議ではない……。

もしかすると、今夜の舞踏会の一件は仕組まれたものだったのではないか？

今夜、顕子が身につけていたマイクロフィルムには本当に重大な機密情報が写っていた。黒いドミノの男はそれをすべて持ち去った。機密情報が外に漏れることはない。一方で、機密情報漏れの事実と経路が明らかになれば、加賀美陸軍中将は困った立場に追い込まれる。次期陸軍大臣はおろか、引退を余儀なくされる――。

目覚ましい成果を挙げているにもかかわらず、理不尽な理由でスパイ養成機関を潰そうとする陸軍上層部への対抗策。それがあの人の狙いだったのだとしたら？　それが今夜の一件の真相だったのではないか。同時にあの人は、自分が二十年以上前の顕子との約束を守り、さらにはわざわざ目の前で桐生友哉を逮捕することで、顕子が二度とスパイまがいの行為を試みぬよう釘を刺した――。

顕子は薄暗い鏡に映った自分の顔をじっと見つめた。

もう一つ、思い当たることがあった。

今夜顕子は、オペラグラスで桐生友哉を捜しながら、頭の中ではずっと二十年以上前に出会ったあの人のことを考えていた。

きっかけはたぶん、控え室の壁の隅にかかっていたあの額のせいだ。

年々歳々花相似
歳々年々人不同

漢詩が書かれたあの額を見て、顕子は無意識に過ぎ去った歳月に思いを馳せた。だが——。

顕子は目を細め、記憶を探った。

医務室から置きっ放しになっていたバッグを取りに戻った時、額は既に取り外されていた。

あの額は、顕子に見せるためのものだったのではないか？　顕子に過ぎ去った歳月に思いを馳せさせ、あの人との約束を思い出させるためにあの場所にわざと掛けられていた……。

馬鹿馬鹿しい。

顕子は苦笑した。今夜の舞踏会が行われたのはアメリカ大使館の中、つまりは外国の領土だ。勝手に額を掛け替えることなどできるはずがない。

疑い出せば切りがなかった。それを言えば、桐生友哉が顕子の前に現れたのは半年前。彼は本当はD機関の人間だった——顕子を操るためにあの人が派遣したスパイだったのかもしれない。それとも逆に、あの人は本当に顕子と二十年以上も前に交わした約束を守るためだけに今夜の舞踏会に現れた、あるいは陸軍の機密情報漏れを防ぐことがあの人の真の目的だった可能性もある……。

現実だと思っていたものが、騙し絵のように反転する。どこまでが真実で、どこからが偽装なのか、素人の顕子には確かめようがないのだ。

——昔からあなたはいつもそうだった。

顕子は皮肉な口調でそう呟いて、目を閉じた。

自分の顔は鏡など見なくてもわかる。

顕子は唇の端をかすかに歪めた。

ここではないどこかに憧《あこが》れながら、結局は安全な場所で火遊びを続けている——退屈に倦《う》み、退屈を紛らわせるためにちょっとした危険に手を汚すけれど、本物の破滅は決して望まない——それがわたしだ。決して変わらない、わたしの顔だ。

そのことを、顕子は十五歳で知った。

あの人の背中に目に見えぬ黒い翼が広がるのを〝見た〟瞬間、顕子は思わず息を呑んだ。自分がずっと感じている退屈を振り払うためには、この翼が必要なのだと確信した。そして同時に、自分がこの翼を手に入れるために身を投げ出すことは今後も決してないだろう——そう直感したのだ。

年々歳々花相似
歳々年々人不同

うそだ。

顕子は目を閉じたまま唇だけを動かして、声に出さずに呟いた。

人は変わらない。

歳月とともに、顔も、考えも、名前でさえ移ろいゆく。それでも人は変わらない。

ただ、世の中が変わるだけだ。

ワルキューレ

夜の街を二人の男が全速力で駆けてゆく——。

まばらに灯《とも》った街燈の下を通り過ぎる度《たび》に、二人の姿が一瞬光の中に浮かび上がる。そして、すぐにまた闇。聞こえるのは、石畳にこだまする靴音だけだ。

二人の男は同時に建物の間の細い路地に飛び込み、物陰に身を潜めた。

大通りの様子を窺《うかが》うように、男の一人が物陰からそっと顔を覗《のぞ》かせた。東洋人にしては彫《ほ》りの深い貴族的な顔立ち。黒い髪をぴたりと背後になでつけ、鼻の下に美しく髭《ひげ》を蓄えている。杉綾《すぎあや》織りの三つ揃いのスーツに、中折れ帽。一分の隙《すき》もない服装だ。

一方、男の隣に座りこみ、肩で息をしているのは、金髪碧眼《へきがん》の若者だった。ゆるくカールした前髪がべったりと額に張りつき、唇の端が切れて血が滲《にじ》んでいる。頬には殴られたような傷痕《あと》。シャツのボタンがいくつか引きちぎられたように失われていた。

「大丈夫か、シュテファン?」

追跡者の姿が見えないことを確認した後で、東洋人の男が金髪の若者を振り返って尋ねた。

「なに、大したことはない。ドイツ人は我慢強い民族でね」

シュテファンと呼ばれた若者は無理にニヤリと笑ってみせた。

「それより、トーゴー、きみにはてっきり裏切られたとばかり思っていた。俺を——ドイツを売れば、少なくとも日本人のきみは助かるわけだからな」

「日本人はジンギを重んじる民族でね」

トーゴーは無表情に言った。

「きみには一度命を救われた。命の恩人を見捨てるわけはないさ」

トーゴーはシュテファンの腕から血が流れていることに気づき、ポケットからハンカチを取り出して、傷の手当をした。

「連中の拷問によく耐えたたな」

手当を終えたトーゴーがシュテファンに言った。

「きみが頑張り抜いたからこそ、助け出すことができたんだ。見直したよ」

「お互い様さ」

シュテファンは、腕の傷の痛みに一瞬顔をしかめて言った。

「トーゴー、きみが見張りを倒した腕前もなかなかのものだった。あれが日本のブドーというやつかい？」

トーゴーは何でもないといった様子で手を振ると、

「この大通りを抜けた先が国境だ。そこで、わが軍の救出部隊が待機している。もう少しだ。行こう」

そう言って、シュテファンに手を差し出した。

トーゴーの手を取ったシュテファンはふと、地面に写真が一枚落ちていることに気がついた。さっきトーゴーがハンカチを取り出した際、ポケットから落ちたものらしい。拾い上げると、写っていたのは美しい黒髪の日本人女性だった。裏を返すと〝ミツコ〟と書いてある。

トーゴーがシュテファンの手から写真を取り上げ、照れたようにかすかに笑った。

「婚約者だ。日本に帰ったら結婚することになっている……」

トーゴーがそう言い終わる前に、突然、大通りが明るい光に満ちた。二人は反射的に顔を上げ、目を細めた。小手をかざして顔を覆い、辺りを見回した。

「お前たちは包囲されている！」

光の中から声が聞こえた。

「抵抗しても無駄だ。諦《あきら》めて出てこい！」

「ちくしょう、待ち伏せしていやがったのか……」

トーゴーが唇を噛《か》んで呟《つぶや》いた。

周囲を窺っていたトーゴーの視線が、ふと一軒の店舗の裏庭に吸い寄せられた。

油類を扱う店舗の裏庭に〝危険　ガソリン〟と書かれた缶がいくつも積み上げられている。

トーゴーは、さっきシュテファンから受け取った写真に目を落とした。顔を上げ、覚悟を決めた表情でシュテファンに向き直った。

「俺が連中の注意をひきつける。その隙に、きみは国境を抜けて、わが軍に駆けこむんだ」

トーゴーはそう言うと、懐からフラスク型の小型爆弾を取り出し、ガソリン缶に顎《あご》をしゃくって、シュテファンに作戦を伝えた。

「ばかな……。そんなことをしたら、きみは間違いなく死ぬぞ」

「日本とドイツ、両国の未来のためだ」

トーゴーはきっぱりと言った。

「ここで二人とも捕まったら、敵の恐るべき目論見《もくろみ》を、いったい誰が両国に伝えるんだ？　われわれのどちらかが、生きて情報を持ち帰らなくてはならない。それが日本とドイツの未来を救う唯一の道だ」

「それなら、きみが国境を抜けろ」

シュテファンが反論した。

「俺が連中の注意をひきつける。そのあいだに……」

「だめだ」

トーゴーは首を振った。

「俺はすでに一度きみに命を救われた。今度はきみの番だ」

「だが、トーゴー、きみには婚約者がいる」

「ミツコのことは、きみに任せる」

トーゴーはシュテファンの肩に手を置き、にこりと笑って言った。

「彼女はわかってくれるはずだ。俺がお国のために最善を尽くしたことを。彼女のことは頼んだぞ！」

そう言いざま、トーゴーは止める間もなく身を翻《ひるがえ》して路地から飛び出した。

たちまち投光機の眩《まばゆ》い光がトーゴーの姿を容赦なく照らし出す。

「撃て！　撃て！」

敵の指揮官の声に続いて機関銃の十字砲火がトーゴーを襲った。トーゴーは銃弾の雨をかいくぐるようにして、走り続ける。そして懐から取り出した小型爆弾を、ガソリン缶の山に向かってほうり投げた。

凄《すさ》まじい轟音《ごうおん》とともに、巨大な火柱が夜空を焦がした。シュテファンは石壁にぴたりと身を寄せ、爆風をやり過ごした。

顔を出すと、通りは混乱に包まれていた。投光機はすべて破壊され、あちこちに燃え移った火の手を消そうと敵の軍服を着た連中が右往左往している。トーゴーの姿はどこにも見えなかった。

唇を噛んだシュテファンは、いつの間にか自分のポケットに写真が入っていることに気づいた。トーゴーの許嫁《いいなずけ》のミツコの写真だ。さっき肩に手を置いた時に、トーゴーがシュテファンのポケットに滑り込ませたらしい。

「……トーゴー、きみの死は無駄にはしない」

シュテファンは低く呟くと、決然とした様子で顔を上げ、混乱する現場を背にして走りだした。その姿はすぐに闇に包まれて見えなくなった。

1

ベルリン中心部、ヴィルヘルム街。

老舗《しにせ》のホテル、カイザーホーフの大広間で開かれた日独共催パーティーは、なかなかの盛況ぶりだった。

新作映画のお披露目も兼ねるとあってフロアには大勢の招待客がつめかけ、存分に提供された食べ物や飲み物を楽しんでいる。会場の隅で生演奏される弦楽四重奏、さらにはホステス役として駆り出された映画女優たちがパーティーに華を添えていた。

逸見五郎《いつみごろう》は会場を見回し、満足げに軽く目を細めた。

パーティーに参加しているご婦人方の多くが大きく胸を刳《く》った鮮やかな色のドレスを身にまとっている。対して、男性陣の服装は冴《さ》えない褐色の背広――陰で〝ヒトラー服〟と呼ばれている――とナチスの灰色の制服姿が目立つ。そのせいで雰囲気がいくらか堅くなっているが、時局柄、この程度はやむを得まい。

何と言っても、この国《ドイツ》は戦争中なのだ。

今年九月の開戦以来、首都ベルリンだけでなく、ドイツの主要都市では厳重な灯火管制が敷かれ、いまも外の通りは真っ暗だ。この建物の窓にも、外に明かりが漏れないよう分厚いカーテンが二重にかけられている。アルコール類はむろん、日常の食料品までもが配給制となったいま、華やかなパーティーが行われているホテルのこの空間だけが、まるで時空の異なる別世界のようだ。

顔を上げ、傍らの壁を斜《はす》に見上げた。

パーティー会場正面の一番目立つ場所に、巨大な日章旗とナチス・ドイツの国旗であるハーケンクロイツ旗が麗々しく掲げられている——。

「ハイル、ヒトラー」

逸見はグラスを顔の前に掲げ、口の中で冗談めかして呟いた。次の瞬間、背後から突然日本語で声をかけられた。

「トーゴーさん？　ゼン・トーゴーさんですよね？」

ぎょっとして振り返ると、日本人の青年が立っていた。中肉中背。地味な灰色の背広。整ってはいるが、これといって特徴のない印象の薄い顔だ。色白の頬が興奮のせいで薄く上気している。

「申し訳ないが、人違いだ」

逸見はそっけなく答えた。

「えっ？　あっ、すみません。僕はまたてっきり……」

気の毒なほど動揺した様子で口ごもる青年に、逸見は片目をつむってみせた。

「〝ゼン・トーゴー〟は新作映画の中の役名でね。スクリーンの外では逸見五郎だよ」

そう言って、豪快に笑い飛ばした。

青年は一瞬呆気《あっけ》にとられたように目をしばたたかせた。が、すぐに合点がいった顔付きで
「あっ、なるほど。そういうことか」と呟くと、改めて逸見にむかって色紙を差し出した。

「サインをお願いできないでしょうか」

「いいよ」

逸見は無造作に色紙を受け取り、タキシードの内ポケットから愛用の万年筆を取り出した。

「宛て名はどうする?」

「名前を入れて頂けるんですか? うれしいな。それじゃ〝雪村幸一《ゆきむらこういち》さんへ〟とお願いします。空から降る〝雪〟に、村役場の〝村〟、〝幸い〟〝一つ〟です」

「雪村さん、今回の新作映画は気に入ってくれたかな」

「もちろんです! 素晴らしい映画でした!」

「どこが一番気に入った?」

「そうですねぇ」

と首を傾《かし》げた雪村は、考え考え答えた。

「何といっても、脚本が良かったと思います。例えば、映画の冒頭でトーゴーが銀のフラスクから酒を注ごうとして苦笑する場面がありますよね。いつも持ち歩いているフラスクが実はスパイの小道具の一つ——小型爆弾だった、というあのエピソードが、最後の最後であんな形で物語に関わってくるだなんて! 観ていて、思わずなるほどと膝《ひざ》を打ちました」

逸見はサインした色紙を返しながら、ちょっと意外な感じがして相手を見直した。あの伏

線に気づくとは、まんざら馬鹿ではない。目を細めた逸見の表情の意味を勘違いしたのだろう、雪村が慌てた様子で早口に付け足した。

「もちろん、ニヒルな感じの日本のスパイ、ゼン・トーゴーを演じた逸見さんの演技も素晴らしかったです。ほかにも……」

逸見は軽く手を振り、雪村の追従《ついしょう》を遮った。

気がつくと、いつの間にか周囲に人の輪ができていた。その中の何人かが、参加者に配られた映画のパンフレット見本を差し出して、逸見にサインを求めた。

気軽にサインに応じながら、逸見は人々が好き勝手に口にする映画の感想にそれとなく耳をすまし、おおむね好意的な感想ばかりなのを確認して、ほっと息をついた。

日独共同製作となった新作映画『二人のスパイ』——ドイツ語タイトルは『ディー・ツヴァイ・シュピオーネ』——の筋書きはこうだ。

主人公は日本帝国陸軍のスパイ、ゼン・トーゴーと、やはりドイツ陸軍から派遣された若きスパイ、シュテファン・シュバルツ。敵国に潜入した二人は、ふとしたことからお互いが日本軍とドイツ軍から派遣されたスパイだと気づく。最初、二人は反目する。金髪碧眼、非の打ち所のないアーリア人の青年シュテファンの目には、はるばる海を越えて派遣されてきた東洋人のトーゴーが、任務を忘れ、女遊びにうつつを抜かしている〝怠け者〟のように見えたからだ。案の定、トーゴーは敵の女スパイがしかけた罠《わな》にひっかかり、危うく命を落としかける。その危機を救ったのが、シュテファンだ。その過程でシュテファンは、トーゴーの女遊びが実は情報を得るための偽装であることを聞かされる。誤解は解けた。二人は協力して、敵国の巨大な陰謀をついに突き止める。だが、その直後、今度はシュテファンが敵の手に落ちる。厳しい拷問を受けるシュテファン。トーゴーは敵の裏をかいて、シュテファンを救出する。夜の街を疾走《はし》る二人。もう少しで国境というところまで来て、二人は敵に包囲される。このままでは二人とも捕まることを悟ったトーゴーは、シュテファンにすべてを託して自ら死地に赴く——。

「わたくし、二人とも死んでしまうんじゃないかと思って、ずっとハラハラしながら観ていましたわ」

深紅のドレスを着た大柄な中年のドイツ人女性が、声高に言った。

「手に汗を握るというのは、まさにあのことを言うのですわね」

そう言いながら実際に興奮した様子で大きく手を動かすので、手にしたグラスからいまにもワインがこぼれ出しそうだ。

「私はむしろ、トーゴーのような男は何があっても生き延びると思っていたのだがね」

かっぷくの良い実業家風のドイツ人男性がそう言って眉《まゆ》を寄せた。くわえていた葉巻を口から離して逸見に尋ねた。

「ミツコ、と言ったかな？　トーゴーの婚約者だったあの日本の娘は、その後どうなるのだ？　シュテファンと結婚することになるのかね？」

「そうかもしれません。あるいは、そうでないかも」

逸見は慇懃《いんぎん》に答えた。

「何？　どういう意味かね？」

「映画の続きは、観客の皆様、それぞれの胸の内にあるのです」

逸見はグラスを上げ、奇麗に並んだ白い歯を見せて、にこりと笑って答えた。

「続きがどうなるのか。お好きな物語を、どうぞご自由に想像して下さい。それも映画の楽しみのひとつです」

「フム、そんなものかね」

実業家風の男性は何だか騙《だま》されたような納得のいかない顔でふたたび葉巻をくわえた。

男の連れの痩《や》せたご婦人が、逸見をじろじろと眺めて訊《たず》ねた。

「貴方《あなた》、映画の中より老《ふ》けて見えるわね。本当はおいくつなの？」

「二十六、と言っておきましょうか」

「でも、それは今回の映画の主人公、ゼン・トーゴーの設定でしょう？　わたしが訊《き》いているのは、貴方の本当の年齢よ」

「弱りましたね」

逸見は苦笑しながら、左右を見回した。

周囲に集まった者たち全員が答えを待っている顔付きだ。

「では、みなさん。ここだけの秘密ですよ」

逸見は手招きをして人の輪を狭め、額を寄せて小声で囁《ささや》いた。

「じつは、もうすぐ三十五になります」

「ほんとうに?」

「なるほどね」

「やっぱり、映画俳優は若く見えるものだ」

「それとも日本人はみんなそうなのかしら?」

〝ここだけの秘密〟を教えてもらった者たちはすっかり御満悦の様子で、口々に好きなことを喋《しゃべ》っている。

逸見はドイツ特産の甘い白ワインをひとくち口に含み、〝クラーク・ゲーブル似〟とも称される美しい口髭の下で苦笑を押し殺した。

本当は今年で四十だ。

だが、本当の年齢などいったい何の意味がある?

映画は嘘の芸術だ。スクリーンに映る光と影を観て、観客がどう思うか、何を感じるかがすべてだ。スクリーンの外での〝本当のこと〟など、何の意味も持たない——。

それが逸見のポリシーであり、信念だった。例えばシュテファン役のクルト・フィッシャーなど、スクリーンの中ではあれほど見栄えのする役者もいないが、頭の悪さはおよそ人前に出せた代物ではない。

「スパイか。憧《あこが》れるな……」

親衛隊《SS》の灰色の制服を着たドイツ人の青年が、思わず、といったように呟いた。顔を上げ、まわりに聞かれたことに気づいて、慌てた様子で手を振った。

「冗談ですよ、冗談。僕なんかにスパイが務まるはずがない。僕は、その、何というか、映画に出てきたシュテファンみたいに男前じゃないですしね」

ヒトラー少年隊《ユーゲント》から上がったばかりだろう、年の割に骨太のがっしりした体格、にきび痕の目立つ幼さを残した顔は、たしかに女性の気をひく〝二枚目〟とは言い難い――。

「おいおい、それじゃきみは、映画に出てくるような人物が本物のスパイだと思っているのかい？」

逸見は冗談めかした口調で青年に尋ねた。

「えっ、違うのですか？」

「自分で演じておいて、こんなことを言うのも何なんだがね」

逸見は頭を掻《か》いて言った。

「今回の映画の役作りのために色んなところで、あれこれ聞いてまわったんだが、本物のスパイはどうやらあんな風じゃないらしい。実際のスパイは少しも格好良くはない――というか、スパイになる人物はそもそも格好良くてはいけないらしいんだ」

「スパイが？」

「格好良くちゃいけない？」

周囲の聴衆は、逸見が何を言い出したのかと訝《いぶか》しむように顔を見合わせた。

「いいですか、みなさん」

逸見はぐるりと周囲を見回し、大袈裟《おおげさ》な身振りで手をあげて、聴衆の注意を集めた。

「スパイの仕事とはなんです？　第一に、敵が秘密にしている機密情報を、相手に気づかれないようこっそり探り出し、密《ひそ》かに自国に持ち帰ることです。だとしたら、本物のスパイは目立っちゃいけない。人目をひく二枚目にはそもそも向いていないのです。〝闇から闇へ〟〝人知れず行動する〟〝誰にも疑われない〟。それが本物のスパイの鉄則です。だがしかし……だとしても、しかしです……」

逸見は声の音量を徐々に下げ、言葉を切って難しい顔で黙り込んだ。

周囲の者たちが自然と身を乗り出し、固唾《かたず》を呑《の》んで話の続きを待っている――上目づかいにそのことを確認して、詰めていた息をふうと吐き出した。

「しかし、それでは映画としては面白くならない」

肩をすくめて言った。

「いくら本物のスパイが目立たない人物だからといって、目立たない人物が、目立たないように行動している様子を映画にしても仕方がない。そんな映画を、わざわざお金を払って誰が観に来るというのです？　だから、映画の中でスパイはあくまで格好良い。命知らずで、喧嘩《けんか》に強く、当然女性にもてる。そうでなくちゃならない。なぜか？　観客の皆様が、スパイには格好良くあってほしいと望むからです。そう、映画はあなたたちの物なのです。みなさん、御清聴、ありがとうございました」

おどけたように右手をくるりと回して一礼すると、聴衆の中から軽い笑い声があがった。

何人かは拍手をして寄越した。

そんな中、さっき〝スパイに憧れる〟と言った親衛隊の制服を着た青年一人が、相変わらず首を傾げている。

「それじゃ、僕もスパイになれるってことですか？」

「私に訊かれても困るがね」

逸見は目を眇《すが》め、相手の姿をじろじろと眺めて言った。

「少なくともその制服を着ているかぎりは無理なんじゃないかな？　その制服は、何というか、ちょっと目立ちすぎる。もちろん、きみには良く似合っているがね」

「似合っている？　そう、ですか？」

相手の青年は目をしばたたいて呟いた。言葉の意味をはかりかね、喜んでいいのか怒った方がいいのか決めかねている様子だ。

「そうだな、本物のスパイということであれば……」

逸見は周囲を見回し、聴衆の中の一人の人物に目を留めた。

彼がまだいたとは、驚きだ。

「案外、彼なんかが本物のスパイなのかもしれない」

逸見はそう言って指を立て、最初にサインを貰《もら》いに来た日本人の青年――雪村幸一――をぴたりと示した。

皆の視線がいっせいに雪村に集まった。

「僕？　僕が、スパイ？」

雪村は唖然《あぜん》としたように目を白黒させた。すぐに、慌てた様子で体の前で両手を振った。

「いやいや、待ってください。僕は日本から来たただの内装屋で……新しく建築中の日本大使館の内装を請け負っているだけですよ。嘘だと思うなら、日本大使館に問い合わせてもらえば……」

逸見はぷっとふきだした。

「冗談だよ、ちょっとした冗談。雪村さんがあまりおとなしくして、目立たないものだから、ちょっとからかってみただけだ。目立たない者こそがスパイだというなら、まさに雪村さん、あなたこそスパイに相応《ふさわ》しい」

「……勘弁してくださいよ」

雪村はげんなりしたように顔をしかめた。

逸見は顔を上げ、周囲の者たちを見回すようにして、もう一度声をあげた。

「それでは、みなさん。パーティーを楽しんでいってください」

その場を離れぎわ、逸見は傍らにいた若い共演女優の腰にそっと手を回した。

2

ちょっとした冗談ね——。

新たに発見した盗聴器の配線を慎重に切断した後で、雪村はそっと苦笑した。

明かりを消した無人の部屋。辺りにはまだ乾き切らないペンキの臭《にお》いが漂っている。

〝ベルリンを新世界の首都に相応しく作り替える〟べくナチス政権が推し進める大規模都市整備計画《ゲルマニア》。その一環として、在ベルリン日本大使館は現在建て替え中だった。

ベルリンの中心部ティーアガルテン広場近く。鉄筋コンクリート造り、四階建て、第三帝国様式と呼ばれる独特の壮麗なファサードをもつ新日本大使館の建築費用は全額ドイツ側が負担してくれることになっている。

一見、悪くない話だ。

が、設計者も施工業者もすべてドイツ任せ。事前に承認さえ求めないとあっては、日本政府もさすがにその建物を〝大使館としてそのまま使用する〟わけにはいかなかった。

〝新大使館の防諜《ぼうちょう》体制を整えること〟

それがドイツに派遣された日本のスパイ、雪村に与えられた任務の一つだった。

旅券《パスポート》の名義は〝雪村幸一〟——無論、偽名だ。

二カ月前、本部に呼ばれて旅券と一緒に雪村幸一の〝偽の経歴《カバー》〟を渡された。当人の生まれ、育ち、学歴、といった表面上のものだけではなく、家族や友人知人との関係、服装の趣味、口癖、食べ物の好き嫌い、立ち居振る舞いから、本人も気づかないようなちょっとした性癖に至るまで、雪村幸一なる人物のプロフィールが事細かに記された分厚いファイルだ。

書類はすべて、現地に到着する前に海上で破棄した。

内容は完璧《かんぺき》に頭に入っている。ドイツ滞在中、日本から来た民間の内装業者、雪村幸一として振る舞うのはさほど困難ではない。実直だが、目立たない男。それが雪村だ。他人に与える印象など、姿勢や発言の間の取り方、人との距離感、表情の作り方といったもので、いくらでもコントロールできる。だが、まさかそのせいで本物のスパイだと指摘されるとは予想外だった――たとえ酒の上の冗談《パーティージョーク》だったとしても、だ。

検知装置が、また反応を示した。今度は照明器具だ。

いったい幾つ盗聴器を仕掛ければ気が済むんだ？

雪村は眉を寄せ、トラップの存在に注意を払いながら、照明器具のネジを慎重に外しにかかった……。

〝ドイツ側には絶対にこちらの動きを気取《けど》られるな〟

日本を出る際、上からそう強く念を押された。

本来は言わずもがなの台詞《せりふ》である。

敢えて念を押されたのには、理由があった。

日本はこの数年、情報戦において完全にドイツの後手に回ってきた。〝いいように振り回されてきた〟と言っても過言ではない。

先の〝世界大戦〟において異なる陣営で戦った日独両国は、その後さまざまな確執を乗り越え、三年前に日独防共協定を締結した。

だ。

防共《ぼうきょう》。

即ち〝共通の敵はソ連〟の認識の下、日本とドイツはユーラシア大陸の東と西で手を結び、ソ連の脅威に対して共闘することを決意した——少なくとも日本政府はそう考えていたはずだ。

ところが今年八月、ドイツ・ナチス政権は、〝共に闘う〟はずだった日本には事前に一言の説明も、何の連絡もなしに、突如、ソ連との間に不可侵条約を締結した。不可侵条約。〝敵ではない〟という宣言だ。

日本の政府、ならびに政治家たちは、この不測の事態——ナチスの裏切り——に混乱するばかりで、何ら打つ手を持たなかった。結局「欧州の天地は複雑怪奇」の迷言を残して、時の内閣は総辞職に至る。他国の条約締結を理由に政権を投げ出す。国際政治上類を見ない、まさに珍事だ。それればかりではない——。

「日本は情報が漏れやすいので困る」

それが、釈明を求めた日本政府に対するナチス側の言い分だった。彼らは平然と、この数年、ナチスが日本の外交機密情報を把握していた状況を暴露し、その上で、

「このとおり、われわれが容易につかむことができるくらいだから、敵方にも流出するおそれがある。だから日本には事前に情報を与えることができなかったのだ」

と、あたかも〝悪いのは日本だ〟と言わんばかりの言い草だ。

これを聞いた日本の政治家の中には、〝友好国〟〝共闘を誓った〟はずのナチスのやり方に

憤慨し、顔に朱を注いで怒鳴り散らす者も少なくなかったが――。

情報戦とは、何も敵国との間でのみ行われるのではない。平時においては、情報戦はむしろ友好国間でこそ重要な意味をもつ。公の場でにこやかに握手を交わす政治家の背後で、合法（外交官）・違法（スパイ）双方の手段を用いて、少しでも自国に有利な情報を得るべく鎬《しのぎ》を削る情報戦が行われている――少なくとも、欧州の長い歴史において、それが〝外交〟の名で呼ばれてきたものの実体だ。

ナチス・ドイツは〝友好国〟日本の外交方針及び機密情報を、かなりの正確さで把握していた。一方で、ナチスの対ソ、対英戦略の真意が奈辺《なへん》にあるのか、日本にとっては依然として藪《やぶ》の中だった。

情報戦に於《お》ける完膚《かんぷ》無《な》きまでの敗北。

だが、なぜこんな一方的な事態に至ったのか？

説明を求めるべく、直ちに駐独日本大使に帰朝命令が下った。

今頃は本国に於いて、大使本人から聞き取り調査が行われているはずだ――。

発見した盗聴器の回線を切断し、機能を殺す。

その後で盗聴器を机に広げたシートの上に置き、銀色の粉を振りかけた。粉を払い落とすと、盗聴器の表面に渦巻き様の文様が浮かび上がってきた……。

今回雪村がベルリンに派遣された目的は、単に大使館建物の〝清掃〟だけではない。

任務には〝情報漏れのルートを確認し、遮断すること〟――つまり、誰が機密漏洩《ろうえい》に関与しているのか〝ドイツ側のスパイは誰なのか〟を特定し、無力化することも含まれている。

大使室から盗聴器が発見された時点で、雪村は大使室に出入りする者全員の指紋を密かに採取した。大使館職員は無論、出入りの業者や頻繁に大使館を訪れるすべての人物が対象だ。パーティーで逸見五郎に近づき、色紙にサインをもらったのもそのためだった。派手好きで知られる日本大使は、〝ナチスに招かれた映画スター〟逸見五郎と昵懇《じっこん》の仲で、しばしば大使室にも出入りさせていたという。

逸見にサインを書かせた色紙の表面には特殊なフィルムが貼ってあった。

採取した逸見の指紋と、盗聴器の表面の指紋とを見比べる――。

違う。別人のものだ。

事実をすばやく確認した後で、雪村はかすかに唇の端を歪《ゆが》めた。

正直なところ、逸見がドイツのスパイだとは――少なくとも自ら盗聴器を仕掛けるほどの積極的なスパイだとは――最初から考えていなかった。なるほど新作映画で逸見は、優秀な日本軍のスパイ〝ゼン・トーゴー〟を演じている。だが、本人がパーティーの席上発言していたとおり、本物のスパイは映画の中のスパイとは正反対の存在だ。灰色の小さな男《グレイ・リトル・マン》。誰にも気づかれない影のような存在。それがスパイの理想だ。逸見のようにスクリーンで堂々と顔を晒《さら》している人物が、現実のスパイを務めることは、事実上不可能だ――。

雪村は顔をしかめた。

そもそも、本国との暗号電文をやり取りする大使室に映画関係者を出入りさせること自体、どうかしているのだ。

盗聴器が仕掛けられているとしたら、後はどこだ？

目を細め、新大使館の見取り図を頭の中に広げた。

ふと、違和感を覚えた。

何か違っている。そんな気がした。だが、いったい何が……？

かすかな物音に我に返った。

建て替え中とはいえ、業務は順次移されており、日中の大使館機能はすでにほぼこの新建物が担《にな》っている。だが、日付が変わってしばらく経つこの時間ともなれば、守衛を除く職員全員が帰宅しているはずだった。

守衛の定時の見回り？　いや、まだ時間ではない。それにこの足音は……？

館内の気配を探るために、作業中も部屋のドアは開け放したままだ。

足音が近づき、暗い戸口に人影が現れた。

ダブルのトレンチコートに中折れ帽、前を開けたコートの中には杉綾織りの三つ揃いが覗いている。恰《あたか》も映画に出てくる登場人物さながら一分の隙もない服装——。

逸見五郎だ。

油断なく身構え、目を細めていた雪村は、相手に気づいて肩の力を抜いた。

逸見は真っ赤な顔をして、足下がおぼつかない感じだった。ペンキの臭いに、アルコールの匂いが混じる。すでに相当飲んできたようだ。守衛とは顔なじみ。そうだとしても、深夜に酔っ払った民間人が機密情報を扱う大使室に入ってこられる状況は、やはりどこか狂っている。

逸見は部屋の入口で足を止め、壁に手をついた。部屋の中を覗き込み、訝しげな顔で首を傾げている。すぐに何か思い出したらしく、口の中で独り言を呟いた。

「そうか。大使はいま日本に帰っているんだったな……」

逸見は雪村に顔を向け、焦点を合わせるように二、三度強く目をしばたたいた。一つしゃっくりをした後で、

「雪村さん、といったっけ？　こんな遅くまで仕事とは、ご苦労なことだな。ひっく。ま、あんたでも良いや。これから一緒に一杯飲まないか」

片手にぶら下げた茶色の紙袋を持ち上げると、苦労して片目をつむってみせた。

アルコールは配給制のはずだが、つてさえあれば何とでもなる。あるいは大使秘蔵のサクランボ酒《キルシュヴァッサー》が目当てだったか——。

「いいですね。僕で良ければ、是非ご一緒させてください」

雪村はにこりと笑って答えた。


〝清掃中〟の現場を酔っ払いに荒らされてはたまらない。

雪村は逸見の背中を押すようにして部屋から追い出すと、そのまま大使館建物を出て、表

通りにまで連れ出した。

十二月のベルリン。しかも灯火管制中だ。

恐ろしく寒い――ばかりでなく、明かりの消えた暗い通りには人影もほとんど見えず、あたかも廃墟《はいきょ》の中を歩いているようだ。だが、酔っ払っている逸見は周囲のことなどまるで気にならない様子で、終始ご機嫌だった。雪村と腕を組み、千鳥足で、さっきから《ワルキューレの騎行》冒頭のメロディーを繰り返し口ずさんでいる。

「タッタラーラ、タッタラーラひっく、タッタラーラ……」

作曲者のワーグナー本人でさえ識別できるかどうか、怪しいものだ。

路面が凍って足下が滑りやすい。腕にぶら下がる逸見の重い体を支えた雪村は内心うんざりしながら歩みを進めた。ひとまず逸見を宿泊しているホテルに送り届けること。それから戻って確認作業の続きだ……。

ふいに何者かの視線を感じて、足を止めた。

左右に目をやる――。

上か！

振り仰いだ視界の隅、歩道に面したビルの屋上で人影らしきものがちらりと動いた。

雪村はとっさに逸見を建物の陰に突き飛ばした。自分はそのまま身を捻《ひね》るようにして反対側に転がった。

たったいま二人が立っていた場所に、何か黒い物体が凄まじい勢いで落下した。

石畳の歩道にぶつかり、粉々に砕ける。

目を向けると、建物の上の人影はすでに見えなくなっていた。

低いうめき声に、雪村はハッと振り返った。

逸見が建物の陰に仰向けに倒れていた。慌てて駆け寄り、尋ねた。

「逸見さん、大丈夫でしたか？　逸見さん……」

途中で、息を呑んだ。

逸見のトレンチコートの胸の辺りに黒い染みが広がってゆく。逸見を抱き起こした雪村の手が、いつのまにか真っ赤に染まっていた。

3

「昨夜は面目《めんぼく》ない！」

逸見は雪村に会うなり、両手を顔の前で合わせ、片目をつむってみせた。

「昨日は映画会社のお偉いさんたちと昼間から飲んでいてね。おかげで雪村さんをすっかり驚かせてしまった」

「本当に驚きましたよ」

雪村が肩をすくめ、苦笑して言った。

「倒れた逸見さんを抱き起こしたら、胸の辺りに見る見る真っ赤な染みが広がっていくんですからね。まさか、あれが偽物だなんて思いもしませんし……」

逸見は立てた指を振って、雪村に片目をつむってみせた。

昨日は映画で使う血糊《ちのり》の袋を、うっかりポケットに入れたままだった。転んだ拍子に血糊の袋がポケットの中で破れて服が血まみれになった。何しろコートの表面にまで染みてきたくらいだ。転倒時に頭を打ってうめいていた逸見を、一緒にいた雪村が介抱してくれた——。

「だが、昨夜はきみも、映画の登場人物になったようなスリルを少しは味わえたんじゃないかな？」

逸見は雪村の背中を軽く叩いて言った。

「そして、これが本物の映画の撮影現場だ」

ドアを開いて、雪村を撮影所の中に案内した。

自分の仕事場である映画スタジオに招待したのは、言ってみれば昨夜のお詫《わ》びといったところだ。

「うわぁ、凄《すご》いところですね。想像していた以上だ！」

雪村が左右に目をやり、感心したように声をあげた。

「せっかくドイツに来たからには、有名なＵＦＡ《ウーファ》撮影所を是非一度この目で見てみたいと思っていたのですが、まさか逸見さんにご招待頂けるとは……。見学できて、本当に光栄です」

そう言って、子供のように目を輝かせている。

《Universum Film AG》

通称〝UFA《ウーファ》〟。

ドイツ最大の映画撮影所だ。広大な敷地内には幾つもの最新の撮影スタジオ――可動式の内壁――が建てられ、複数の映画を同時並行で製作することが可能だった。撮影・編集には最先端の技術が導入され、また、規模、資本、技術、いずれの面をとっても、アメリカのハリウッドと並んで、世界最大規模かつ最高級の映画撮影所と言って過言ではない。

「これがあのマレーネ・ディートリッヒ主演の『嘆きの天使』や、トーキー映画初期の名作『会議は踊る』といった作品たちが生まれた現場なんですね。監督、エリック・シャレル。三一年の製作でしたっけ?」

ほう。

逸見は改めて雪村を見直した。どうやら〝思っていた以上の映画好き〟らしい。ならば好都合だ。

逸見は雪村の肩に手を回し、小声で念を押した。

「昨夜の一件は、ここではくれぐれも内密にしてくれたまえ。いいね?」

「えっ? あ、もちろんです。それが逸見さんのご希望とあらば」

雪村が委細承知の顔で頷《うなず》くのを見て、逸見は安堵《あんど》の息をついた。

昨夜、逸見は酔っ払って歩いていて、凍った路面で足を滑らせて道端に倒れた――だが、事実は若干異なる。

逸見自身は酔っ払っていてよく覚えていないのだが、歩道に面したビルの屋上から、突然、鉢植えが落ちてきたのだという。路面には粉々に砕けた鉢植えの破片と、瑠璃《るり》色の小さな花が散らばっていた――。

瑠璃色の小さな花？　まさか……。

逸見は頭にできたたんこぶを擦《さす》りながら、思い当たることがあった。

忘れな草。英語で〝FORGET　ME　NOT〟。花言葉は〝わたしを忘れないで〟。

酔いが、一気に醒《さ》めた気がした。

正確に言えば、逸見は日本から直接ドイツに招かれたわけではない。

日本とドイツの間では、この数年、共同で映画を製作する企画が取り沙汰《ざた》されてきた。

先の世界大戦で連合国側に付き、中国大陸におけるドイツの利権を奪った日本は、ドイツ国民にとっては〝東方の野蛮な、狡辛《こすから》い民〟の印象しかなく、満州事変が勃発《ぼっぱつ》した際には、多くのドイツ人が在ベルリン日本大使館の塀ごしに石を投げ込んだくらいだ。

逆に、日本国民の間でもドイツの印象は極めて薄かった。

風向きが変わったのは六年前。

日本とドイツは相次いで国際連盟の脱退を表明した。

〝戦勝国による世界秩序の維持〟に異議を唱え、国際的に孤立する立場を選んだことで両国は急速に接近した。そんな中、注目を集めたのが映画だった。

〝ドイツ人が日本を、日本人がドイツを知るためには、映画がもっとも相応しい〟

両国国民の相互理解を深めることを目的に、早速ナチス・ドイツと日本陸軍の肝煎《きもい》りで共同映画製作企画がスタートした。

手初めとしてドイツ人監督の手による日本紹介映画『サムライの娘』が公開されると、ドイツ国内の報道機関各社は手放しでこれを絶賛。『サムライの娘』は空前の大ヒットを記録し、ドイツ国民の間に蟠《わだかま》っていた黄禍論を一気に払拭《ふっしょく》した。

次に日本人映画監督によるドイツ紹介映画が製作される予定だったが、企画はそこで頓挫《とんざ》した。

連合国が課した多額の賠償金にあえぐドイツ都市部では、皮肉なことに、かつてないほど豊かな文化世界が花開いていた。殊《こと》に映画業界での才能の開花は目を瞠《みは》るものがあり、ドイツ映画はアメリカのハリウッド映画と並び、映画という新たなメディアを一気に娯楽芸術の中心に押し上げる役割を果たしていたのだ。

〝世界標準〟のドイツ映画を見慣れた人たちにとって、日本で作られる映画はおよそ理解しかねる代物だった。ストーリーが問題なのではない、〝日本的演出〟が彼らにはまるで理解できなかったのだ。

日本人監督の美意識はローカルすぎる。

結局、そう結論せざるを得なかった。発想の転換が必要だった。例えば〝日本で作る映画ではなく、日本人が作る映画であれば良い〟といった妥協案が。

世界を見回し、白羽の矢が立てられたのが、当時ハリウッドを中心に活動していた逸見五郎だったというわけだ。

逸見はもともとは日本で舞台役者を目指したものの芽が出ず、いったんは役者の道を諦め、アメリカ西海岸に移民として渡った。そこで、ふとしたことから映画の道に足を踏み入れた。最初はエキストラとして。そこから〝ツボにはまった〟というのだろうか、とんとん拍子に仕事が舞い込み、一時は企画、監督、演出、脚本、出演までこなす自らの映画製作会社《イッツ・ミー・コーポレーション》を保有していたほどだ。かのチャップリンをはじめハリウッドの有名俳優たちとも親交があり、ハリウッドでは知らぬ者なき有名人だ。

その逸見が本拠地アメリカを離れ、ドイツに渡ってきたのには理由がある。

生来《せいらい》の悪癖——いわゆる〝女ぐせ〟のせいだ。逸見が共演して〝親しく〟ならなかった女優はまれであり、当然の帰結としてこれまでもさまざまなトラブルに巻き込まれてきた。多額の慰謝料、子供の認知騒ぎ、女同士の諍《いさか》い。《イッツ・ミー・コーポレーション》を手放さざるを得なかったのもそのせいだ。我ながらどうかしていると思うのだが、気がついた時にはすでに手を出しているのだから、やはり悪癖としか言いようがない。

逸見は脳裏に、肉感的な顔付きの赤毛の女の顔を思い浮かべた。

キャシィ・サンダース。ハリウッドの撮影所近くにあるバーで知り合った女優志望の若い女だ。彼女は別れ話を切り出すと、かつて逸見が贈った忘れな草の鉢植えを持ち出し、胸の前に抱えながら、ニコリと笑ってこう言った。「別れるのなら、殺すわ」。最初は冗談だと思った。が、キャシィが運転する車に道で二度、三度とひかれかけては――しかも、いずれの場合も彼女の顔に喜悦の笑みが浮かんでいたとあっては、さすがに笑ってばかりもいられなかった。

　ドイツから映画の話がきたのは、ちょうどそんな時だった。〝俳優兼製作もできる日本人を探している〟。まさに渡りに船だった。やはり以前〝親しかった〟女性の一人がドイツ人だったので、幸いドイツ語には不自由しない。しばらくはこっち《ドイツ》で仕事をして、ほとぼりを冷まそうと思っていたのだが……。

　まさかキャシィが、大西洋を渡ってドイツにまで追いかけてくるとは思わなかった。これからは身の安全に注意した方がいい。

　昨夜の一件を内密にするよう雪村に頼んだのは、すでにこっちで〝親しくなった〟若い女優がいるからだ。マルタ・ハウマン。目を瞠るような金髪に碧眼、北欧系の美女だ。先日のパーティーからも一緒に帰ってきた。せっかくうまく行っているのだ。妙な波風を立てたくはない。

　逸見はやれやれとため息をつき、隣に目をむけた。

　雪村はさっきからずっと、ドイツ最大の映画製作所の現場に心を奪われている様子だ。頬が興奮に上気し、きらきらと目を輝かせている。思った通り、よほどの映画好きらしい。ならば――。

　昨夜の一件を黙っていてもらうためにも、ここは一つ、雪村を完全に手なずけておく必要がある。

逸見はスタッフに合図して、飲み物をもってこさせた。

トレーの上にカップが二つ。よい香りのする湯気が上がっている。

「雪村さん、まあ一服しよう。コーヒーはお好きかな？」

声をかけると、雪村が我に返った様子で振り返った。トレーの上に目を落とし、香りに鼻をひくつかせて尋ねた。

「まさか、本物のコーヒー豆ですか？」

いまやドイツ国内の嗜好品《しこう》は完全配給制だ。殊にコーヒーにはめったにお目にかかれない。

雪村が訝しく思うのも当然だった。

逸見はニヤリと笑って頷き、自分のカップに手を伸ばした。

「映画を作るためには豊かな精神性が必要でね。貧乏臭い製作現場では、貧乏臭い作品しか生まれない。映画作りにはお金がかかるものなのだよ」

目を閉じてまずは香りを楽しみ、それからカップに口をつけた。豊かな味わいが口一杯に広がる。

薄目を開けると、雪村はすっかり圧倒された様子だ――よし、ここでもう一押し。

「雪村さん、私がアメリカからドイツに来て一番驚いたことは何だと思う？」

逸見はカップをトレーに戻し、一呼吸置いて、自分で質問に答えた。

「ナチス・ドイツのお偉方がみんな映画好きだということだよ。映画作りに理解があるだけでなく、実際映画に大変詳しいのだ。たくさん映画を観ていて、作品についてもよく知っている。例えば私はいま、この撮影現場を任されているのだが、彼らに言えばたいていのものは用意してくれる。そう、確かに、ちょっとした事前検閲はある。アメリカで耳にした噂どおりだ。が、思ったほどじゃなかった。もしいま日本で映画を作ろうと思えば、とてもこんなものじゃ済まないだろう。それを言えば、アメリカでだってスポンサーの顔色を窺う必要がある。向こうに比べれば、こっちの方がよほど自由にやらせてもらえるくらいだよ。ナチスが掲げるあの妙な方針さえなんとかしてくれれば、ウーファ映画がハリウッド映画を凌駕《りょうが》して、世界中を席巻する日が来るんじゃないかと、私は本気で思っている……」

と言いかけて、逸見は雪村の肩越しに目を転じた。スタジオに入ってきた二人連れの姿に気づいて、あんぐりと口を開けた。

「大変だ……」

逸見は口の中で呟いた。もはや雪村のことなど眼中になかった。

ナチスの制服を身にまとった小柄な男と、その背後に付き従う、すらりと背の高い男装の女性。制服姿の小柄な男は、後ろ手に腕を組み、軽く片足を引きずるようにして近づいてくる。間違いない。あの二人連れは――。

ナチス宣伝大臣ヨーゼフ・ゲッベルスと、その愛人とも噂されるナチスお抱えの映画人、レニ・リーフェンシュタール。

だが、なぜあの二人がここに？　まさか……。

その間にも、二人連れはまっすぐに逸見に向かって近づいてくる。

逸見の目の前で、二人がぴたりと足を止めた。ゲッベルスの冷ややかな視線が、見上げるように逸見の顔を捉《とら》えた。

逸見は反射的に背筋をぴんっと伸ばした。踵《かかと》を打ち合わせ、右手を頭上に高く掲げる。

「ハイル、ヒトラー！」

ナチス式の敬礼は、自分でも思った以上にかん高い声になった。

4

「こちらは？」

ゲッベルスが、雪村に視線を移して訊ねた。囁くような穏やかな声だ。

逸見が緊張した面持ちで紹介するのを待って、雪村は自分から一歩前に踏み出した。小腰を屈《かが》めるようにして自分から両手を差し出し、

「お目にかかれて光栄です」

とかすれた声で言って、鷹揚《おうよう》に差し出された相手の右手と握手を交わした。すぐに元の位置に戻る。顔を伏せ、上目づかいに視線を走らせた。相手の目に蔑《さげす》むような光が浮かぶのを確認して、雪村は伏せた顔の下でニヤリと笑った。

お目にかかれて光栄——。

ある意味、本心だ。

頭の中で相手の情報を整理する。

ヨーゼフ・ゲッベルス。ならず者集団のナチス党においては珍しい博士号を持つインテリで、ナチスが政権を奪取する過程に於いて彼が果たした役割は極めて大きい。

彼が最初に手をつけたのは、街頭に貼る政党の宣伝ポスターだった。地味な文字だけのポスターを廃し、黒地にデザイン性の高い大きな赤い文字で〝大ドイツ主義〟〝ドイツ第三帝国の復興〟〝世界に冠たる純血アーリア民族の優秀性〟〝ドイツ民族は生きることは知らないが、死ぬことは知っている〟〝ユダヤ人資本家をやっつけろ〟などの派手な言葉を並べ立てた。およそ中身のない空虚な標語の羅列だが、街角ポスターはドイツの人々の心を捉えた。凄まじいインフレと未曾有《みぞう》の不況という先の見えない状況のなか、ドイツ国民の間にはやり場のない不満と不安がはびこっていた。そのはけ口となったのが、ナチス党が掲げる刺激の強い大言壮語だったというわけだ。

ゲッベルスは党を目立たせることを次々に考案した。スポーツと娯楽。画一的な制服による行進。演説（必ずサクラを仕込んだ）。殴り合い。さらには焚書《ふんしょ》パフォーマンスまで。人々の注目を集め、熱狂させることにおいて、ゲッベルスはある種の才能の持ち主だった
——天才と言ってもいいだろう。

六年前、ナチス党は〝人類史上最も理性的〟と称《たた》えられたワイマール憲法下で合法的に政権を奪取。同時に、国民啓蒙《けいもう》宣伝省を設立した。その発案者がゲッベルスだ。彼は当然のよ

うに初代大臣に任命された。国民啓蒙宣伝省の目的は、第一に新聞、ラジオ、その他の報道をコントロールすること。さらには一歩進んで、メディアを使って大衆を動員することだ。翌年には、各種メディアによる大々的なヒトラー賛美キャンペーンの下で国民投票が実施され、ヒトラーは九割近い圧倒的支持を取り付けて総統《フューラー》に就任。ここに独裁体制が完成した。

一方のレニ・リーフェンシュタールは、ダンサー、女優としての経験を積んだ後、映画監督に転身。ナチス党大会を撮った『信念の勝利』『意志の勝利』で記録映画に独自の映像的技法を確立した。いまやナチス・ドイツを象徴する映画監督の一人と目されている——。

気配に気づいて顔を上げた。

レニ・リーフェンシュタールが目を細めるようにして、雪村を見ていた。その顔に微《かす》かに疑うような色が浮かんでいる。

何か感づいた？　まさか？

雪村はとっさに隙だらけの邪気のない表情を作って、視線を返した。リーフェンシュタールは細面の顔に一瞬眉を寄せ、首を傾げて雪村に訊ねた。

「以前にどこかで会ってないかしら？」

「いいえ、とんでもありません。はじめてお目にかかります」

雪村は慌てた様子を装って手を振って答えながら、内心舌打ちをした。

確かに以前、別の任務で一度顔を合わせている。新聞記者を装ってナチスの党大会に潜り込んだ。その際、偶然すれ違った程度だ。あれを覚えているとしたら大した映像的記憶力だ。

さすがヒトラーが見込んだ映画監督だけのことはある。

「あなたが撮った映画、全部観ました。素晴らしいと思います。今日はお会いできて、大変光栄です」

雪村はわざと、いくらかおぼつかないドイツ語で言った。

「中でも、あなたがベルリン・オリンピックを記録した『オリンピア』が一番好きです。本当に素晴らしいと思いました」

称賛の言葉を畳み掛けると、ようやく相手の顔から疑念の色が消えた。優れた才能の持ち主と言われる人間ほど、案外おだてに弱い。

リーフェンシュタールは唇の端に皮肉な笑みを浮かべて言った。

「残念だったわね、日本のオリンピック開催返上」

「ええ。私もとても残念に思います。しかし、日本はいま大変な時ですから」

雪村は相手の言葉に合わせて、大袈裟に肩をすくめてみせた。

リーフェンシュタールのオリンピック記録映画『オリンピア』は、前回一九三六年のベルリン大会を撮ったものだ。その時点で、次の開催地は東京に決定していた。ベルリン大会閉会の式辞は「四年後にトーキョーで会いましょう」。本来であれば、四年後に当たる来年、東京でオリンピックが開かれるはずだった。が、大陸で日本軍と中国軍との戦闘が行われ、出口が見えない状況が続く中、日本政府は東京でのオリンピック開催は不可能と判断し、昨年ついに、開催返上を決定していた。

「あら。むしろ大変な時こそ、日本は多少無理をしてでも、オリンピックを開催するべきだったのよ」

リーフェンシュタールは皮肉な笑みを崩すことなく言った。

「日本人の映画監督がどんなオリンピックの記録映画を撮るのか、わたしたち、とても楽しみにしていたのよ。ねえ？」

と傍らのゲッベルスを振り返り、意味ありげな視線を送った。

「博士《ドクトル》、あれをやって下さらない？」

リーフェンシュタールに促され、ナチスきってのインテリ、ゲッベルス〝博士〟は仕方なさそうに苦笑し、

「〝まえはたガンバレ、まえはたガンバレ、カッタ、カッタ、カッタ、カッタ〟」

と日本語のラジオの音声を、思いの外《ほか》上手に真似《まね》てみせた。

「ベルリン大会での日本のあのアナウンサーには度肝を抜かれたよ。レニと私がいくら万全の態勢を整えても、あれほど巧みに国民を熱狂に導くことはできなかったのだからね。悔しいが、われわれの負けだ」

ゲッベルスは肩をすくめた。

「もっとも、あれは偶然の産物だ。あの手は何度も使えない。二度目はパロディ、三度目からは単なる茶番だ。よほどの馬鹿でないかぎり白けてしまうだろう。それも含め、われわれは日本でのオリンピックがどうなるのか、注目していたのだよ。レニが言ったように、私も

日本はオリンピックを開催すべきだったと思う。日本があっさりと返上を決めたのは、じつに残念だ」

そう言って、しきりに首を振っている。

ベルリン大会以前、オリンピックはいかなる意味においてもアマチュアスポーツの祭典であり、国際政治の場において取り上げられるなどおよそ考えられぬ小さなイベントだった。

ナチスは、そのオリンピックを徹底的に利用した。

手はじめは国内外の報道機関に働きかけ、オリンピックを大々的に取り上げさせることだった。各国報道関係者がドイツに招待された。移動、宿泊、食事、金銭その他、さまざまな便宜が提供された。さらに大会が始まると、ヒトラー総統以下、ナチス幹部は全員、オリンピック会場に駆けつけ、選手達に声援を送った。鍛え上げられた肉体の美しさ。勝負の一瞬の緊張感。若さや健康は素晴らしい。選手たちの活躍に声援を送り、熱狂する人々。勝負が終わった後、互いの健闘をたたえ合う髪も目も肌の色も異なる各国の選手たち。その様子を世界中から集まった報道機関のカメラが捉え、記者が書いた記事が世界に配信された。

さらに大会後に発表された記録映画『オリンピア』が、世界の人々をもう一度熱狂させた。ふだんは観客が観ることのできない角度からの迫力のある映像、アップ、スローモーション、逆回しの手法。うまく撮れなかった競技は撮り直しが行われた。映像と音楽によって、アマチュア運動選手の大会に過ぎなかったオリンピックは〝誰もがわかりやすい感動的な物語〟に姿を変えたのだ。

『オリンピア』はオリンピックの素晴らしさを全世界に伝え、と同時に、そのオリンピックを主催し、大会を無事成功させたナチス・ドイツ――時折ヒトラー総統の姿が挟み込まれる――への信頼感を抱かせるのに充分な役割を果たした。

欧州の人々の間で〝野蛮なナチス〟から〝平和なナチス〟へとイメージが変わった瞬間だ。ナチス・ドイツはそのイメージを隠れ蓑《みの》に、ベルサイユ条約で厳しく制限されていた軍備を拡大。いつの間にか英仏を凌《しの》ぐ軍事大国へと変貌《へんぼう》を遂げていた。

それまでの長い歴史の中で各国の政治家が誰一人顧みなかったオリンピックというイベントを、ナチスは政治的軍事的に骨までしゃぶりつくしたというわけだ。

見事な着眼点。オリンピックを利用する情報戦略もまた、ゲッベルスの発案だったという。

あるいはゲッベルスの指摘どおり、日本もこんな時だからこそオリンピックを東京で開催し、〝平和な日本〟を世界にアピールすべきだったのかもしれない。だが――。

雪村は、周囲の者たちに気づかれないよう、密かに顔をしかめた。

中国大陸では今この瞬間にも、泥沼のような戦闘が行われている。肥大化する軍事費のために国内経済はすでに破綻し、地方は貧困にあえいでいる。娘の身売りは日常茶飯事、一部では餓死者まで出ている有様だ。出口が見えないこの状況下で国威発揚の目的のためだけに莫大《ばくだい》な国費を投じて東京オリンピックを開催するなど、もはや滑稽《こっけい》さを通り越してグロテスクなだけだ。

展望がまるで見えないまま、単なるお祭り騒ぎをしたところで、政治的には意味がない。

オリンピックを〝目くらまし〟として政治利用するのなら、せめてもう少しましな状況が必要だった。例えば――。

混迷する欧州情勢の今後の鍵《かぎ》を握るのはナチス・ドイツ。

その点は疑いようがない。

ナチスの真意を見抜き、方向性を見極め、対応を間違わないこと。

それが、複雑怪奇、生き馬の目を抜く国際情勢の中で、今の日本に残された唯一の生き延びる途《みち》だ。

雪村は目を細め、逸見と世間話を続けているゲッベルスの考えを読もうと努めた。

ドイツ国内の報道機関は、すでにゲッベルスの完全なコントロール下にある。

新聞、ラジオに続いて、ゲッベルスが支配を企てていると目されているのが映画だった。

ドイツ最大の映画製作所である〝ウーファ〟は、現在ではナチス党が全株式の七割以上を取得し、人事の面でも政権との結び付きが強い。実質的にはナチス党が保有する国営企業と言っていいだろう。

映画は、音楽と映像、両方を用いる複合メディアだ。

最近発表された学説によれば、人が受け取る情報の八割は視覚と聴覚によるものだという。映画という複合メディアは〝わかりやすい物語〟を自然な形で国民の意識下に刷り込み、国家方針への大動員を可能にする。わかりやすい物語と壮麗な音楽は、人々から容易に理性を奪い、熱狂に導く。理性が眠るとき、怪物が目覚める。おそらくそれがゲッベルスの狙いだ。問題は――。

ナチスがドイツ国民をどこに導こうとしているかだ。

具体的には、ドイツが次に攻撃目標《ターゲット》として考えているのは、ソ連なのか、それともイギリスなのか？

ナチスが国民に刷り込もうとしている次のわかりやすい物語――〝敵は誰だ？〟。

彼らの方針を事前に察知できれば、日本は先手を打つことができる。少なくとも、欧州情勢を自国にとって有利な外交カードとして使えるはずだ……。

「それはそうと、ゲッベルス閣下、今日はまたなぜわざわざこちらに？」

愛想笑いをしていた逸見が、ひょいと思いついたように尋ねた。

ゲッベルスは、すぐには答えなかった。壁のスケジュールボードに目をやり、何でもないような口調で、逆に逸見に訊ねた。

「撮影スケジュールが遅れているようだね？」

「たいしたことはありません。撮影の順番を少し変えただけです。想定内ですよ」

「それに、製作費も予算をすでにかなりオーバーしている」

「予算がオーバー？　おかしいな？」

逸見は虚を突かれたように目をしばたたいた。

「今回は、まだそんなに使っているはずはないんですが……」

ゲッベルスは妙な具合に目を眇め、逸見をじっくり観察する様子だ。

「じつは、奇妙な噂を耳にしてね」

言葉の効果を確かめるように、ゲッベルスがゆっくりと口を開いた。

「なんでも、この撮影所には最近あるものが現れるそうじゃないか」

「あるもの、とおっしゃると？」

「そう、なんと言えばいいのかな……」

ゲッベルスはそう言いながら、腰の後ろで手を組み、後ろを向いた。ぐるりと撮影所を見回して、言葉を続けた。

「ここに本来いるはずのない人物が、なぜかここで目撃されている。だとすれば、それは幽霊《ガイスト》と呼ぶほかない──私の言う意味はわかるね？」

ゲッベルスは逸見に向き直り、歯を剝《む》き出してニヤリと笑った。

「われわれは幽霊の存在を認めない。念のため秘密警察《ゲシュタポ》にここを見張らせるので、せいぜい気をつけることだな」

5

翌日。

ベルリン、アンハルター駅、午前八時──。

ポツダム広場南東に位置するドイツ最大の乗り換え駅構内は、着膨れした多くの人々でごった返していた。職場に向かう勤め人、通学途中の学生、食料品あるいはクリスマスのプレゼントを買いに向かう者。わき目もふらず足早に目的地に向かう者ばかりではない。列車を待つ間、足を止めて熱心に新聞を読む者、知り合いを見つけて朝の挨拶《あいさつ》を交わす者、何人かで集まって話し込んでいる者たちの姿も見受けられる。

ドイツ軍がポーランドへの〝電撃的侵攻〟を果たし、英仏との間に戦争が始まった後も、ベルリン市民の暮らしは何ひとつ変わりないように見えた。変化といえば夜間に灯火管制が行われ、嗜好品や一部の食料品が配給制となったくらいなものだ。

雪村は駅構内の売店《キオスク》で小銭と引き換えに新聞を一部購入した。見出しにちらりと目をやっただけで新聞を折り畳み、小脇に挟んで左右を見回した。

駅舎内のルネサンス様式を模した柱の陰で、新聞を読んでいる男の姿が目に入った。

男が広げる新聞の角が、独特の角度で折られている。

雪村は何げない足取りで男に近づき、男の隣で新聞を広げた。すぐに思いついたように新聞を畳み、ポケットから手帳と万年筆を取り出した。手帳を開いて、万年筆を走らせる。雪村は眉を寄せた。字が書けなかった。軽く万年筆を振り、もう一度試みた。やはり駄目だ。

「お使いになりますか？」

横を向くと、隣の男が自分の万年筆を雪村に差し出していた。流暢《りゅうちょう》な癖のないドイツ語。ただし、万年筆を差し出した手の肌の色は東洋系だ。中肉中背、地味な灰色のスーツ。鳥打ち帽を目深にかぶっているので陰になって顔は見えない……。

「ありがとう《ダンケ・シエーン》。助かります」

雪村はドイツ語で礼を言い、男の万年筆を借りて、ペン先を手帳に走らせた。

男に万年筆を返し、ふたたび自分の新聞を広げた。

――五秒の遅刻だ。

隣の男が新聞の陰で言った。指向性を極端に絞った低い声。鳥打ち帽の陰から覗《のぞ》く唇は動いたようには見えなかった。

誰だ？

雪村は新聞に視線を向けたまま、目を細めた。

日本で会ったことのある相手か？　いや、この声はまさか……？

首を振った。

違う。それに、詮索《せんさく》しても仕方がない。

本国からの報告書類を手にいれること。それが、今回の接触目的だ。予《あらかじ》め決められた角度に角を折った新聞。〝五秒の遅刻〟。書けない万年筆。ここまでは手順通りだ。雪村は、やはり指向性を絞った低い声で相手に訊ねた。

――それで、調査を依頼した例の件は？

――『サムライの娘』の大ヒットには裏がある。ゲッベルスが報道機関関係者を密かに集めて指示を出していた。〝大々的に作品を取り上げろ。決して悪く書くな〟。

ふん、と雪村は鼻を鳴らした。思った通りだ。良い作品だから多くの観客を集めるのでははない、多くの観客を集めた作品が良い作品。それがゲッベルスのやり口というわけだ。問題は……。

――証明できるか？

――〝我慢できないほど長い〟。ゲッベルスが自分で日記にそう書いている。

当然のように返ってきた男の言葉に、雪村は内心舌を巻いた。意味するところは〝ゲッベルスの私的な日記を盗み読むことが可能な内部情報提供者を飼っている〟ということだ。金、異性、信条、甘言、あるいは脅迫。どんな手を使ったにせよ、一朝一夕でできる工作ではない。

長期潜入任務者か？　いつからだ？

頭に浮かんだ疑念は、だが、相手に尋ねるわけにはいかなかった。否、たとえ尋ねたとしても答えが返ってくるとは思えない。潜入スパイ同士が接触するのは情報交換のためだけだ。必要以上の情報はお互い訊かない、尋ねない。知らなければ、たとえ敵に捕まり、拷問を受けたとしても、答えようがない。被害は最小限に抑えられる。

目的はすでに果たした。接触終了だ。

後は相手が新聞を畳んで立ち去り、雪村はしばらくその場に留《とど》まって、相手の男を尾行している者がいないかどうか、周囲の確認を行う。必要があれば《敵を排除》する。それがスパイ同士のマナーだ。

相手の男が、新聞の角を折ったページをめくった。

追加情報の合図だ。

雪村は眉を寄せた。接触時間を極力短くしたいのは、スパイにとってはいわば第二の本能だ。どんな形にせよ〝追加〟は珍しい。

――逸見五郎はとんだくわせものだ。

相手の男の声に微かに嘲笑《ちょうしょう》の色が滲んだ。

――本人は女性問題でハリウッドから逃げて来たと言っているらしいが、理由はそれだけじゃない。逸見には資金横領の疑いがかけられている。日本から追われた原因も金だ。ナチスの金を使い込んで面倒なことになる前に、引きあげさせろ。

無表情にそれだけ言うと、男は新聞を畳み、駅構内の時計を見上げた。鳥打ち帽の下に、色白の端整な横顔が見えた。意外に若い。

男は自分の腕時計に目を落とした。時間を確認すると、そのまま新聞を広げた雪村には目もくれず、雑踏の中に歩み入り、すぐに姿が見えなくなった。

6

ホテルに戻って来た雪村は、部屋のドアを開け、そこでいったん足を止めた。

本来であれば、不在時の侵入者の有無を確認するトラップを幾つか仕掛けておくべきなのだが、今回の任務のための偽の経歴《カバー》〝雪村幸一〟に相応しいのはこの程度の安ホテルだ。不在時の清掃やベッドメイクを断るのは、むしろ不自然だった。周囲に疑念を抱かせないためには、不在時の入室者を前提に動くしかない――。

とはいえ、いついかなる場合でも最低限の安全確認は必要だった。

角度を調整した鏡を使って、部屋の死角に不審者が潜んでいないことを確認する。指先でコインを弾《はじ》いて、部屋の中に転がした。耳を澄まし、気配を確かめた後で、ようやく室内に足を踏み入れた。

床に転がったコインを拾い上げ、部屋に備え付けの安物のラジオの電源を入れた。コートと帽子を脱いで、帽子掛けに。

ラジオからはしばらく雑音が続いた後、唐突に音楽が流れ出した。

はじめよ！　と春が森に呼びかけると、
その声は隅々にまで響き渡った。
遥《はる》かな波のように彼方《かなた》に消えうせると、
遠い果てから湧き起こったうねりが滔々《とうとう》と押し寄せてきた。
響きはいや増しに増して高まり、
優しく交じり合う声に森はざわめく。

《ニュルンベルクのマイスタージンガー》第一幕第三場、騎士ヴァルターによる《試しの歌》――ナチスお気に入りのワーグナー・オペラだ。

雪村は唇の端に皮肉な笑みを浮かべた。

これで万が一、留守中、部屋に盗聴器が仕掛けられていたとしても、相手はオペラを聞いているしかない。細かい動きの気配を捉えることは不可能だ。

壁際の机に向かい、椅子に腰を下ろした。

シェード付きのライトの明かりを灯した後、上着の内ポケットから万年筆を取り出した。明かりにかざす――一見何の変哲もない万年筆だ。

先ほど雪村は、ドイツに潜入中のもう一人の日本人スパイと、大勢の人が行き交うアンハルター駅で接触した。〝書けない万年筆〟は互いに〝尾行なし〟を確認する符号だ。が、同時にもう一つ、別の役割も担っていた。雪村は接触相手から万年筆を借りた。ペン先を手帳に走らせ、すぐに相手に返した。返したのは、雪村が最初に持っていた万年筆だ。すり替えは雪村の手の中で行われた(何度も練習したすり替え技術だ。近くで誰かが見ていたとしても、絶対に気づかれなかったはずだ)。

雪村は、ラジオの音楽に合わせて鼻歌を口ずさみながら、作業に取り掛かった。

日本から持参した特殊な形状の工具を万年筆のブランド・マークに正確に重ねる。予め決められた通り、右に三度、左に一度、さらに右に二度回転させると、カチリと軽い音がして、万年筆のカバーが外れた。

先の細いピンセットを使って、カバーとインク入れの間から慎重に薄紙を引っ張り出す。

インク入れには、インクの代わりに強い酸性の液剤が入っている。手順を間違えればインク入れが破裂して薄紙が溶けてなくなる仕組みだ。

指先に神経を集中する。机の上に広げた半透明の薄紙には細かな数字――暗号文――がびっしりと並んでいた。

雪村は唇を丸め、短く口笛を吹いた。思ったより分量がある。念のため、マッチを取り出し、手元に置いた。侵入者があればマッチをすって火を近づける。特殊な薄紙は瞬時に燃えて消えうせる。後には灰も残らない。

暗号変換の暗号表《コードブック》としては乱数表が一般的だが、疑われることが即ち任務失敗を意味する潜入スパイにとっては乱数表は危険な代物だ。むしろ、持っていても疑われない辞書や文学作品――ページ数と文字の配列を利用――が使われることが多かった。今回の任務ではワーグナー・オペラの音符が暗号表に指定されていた。おかげで、好きでもないワーグナー・オペラの全スコアを暗譜させられたというわけだ。

ランダムに並ぶ細かな数字を音符の配列を使って文字に変換する。

いったん文字に組み直した後で、雪村は通信文を改めて頭の中に走らせた。

眉を寄せ、唇を噛んだ。

マッチをすり、火を近づけると、薄紙は一瞬で燃え尽きた。

通信文は、現在本国に召還中の駐独日本大使に対する聞き取り調書だった。言うまでもなく機密性の高い極秘文書だ。が、そんなことより問題は、大使の発言内容であった。

対独情報戦に於ける、日本の完膚無きまでの敗北。

その〝責任追及〟のために召還されたはずの駐独日本大使は、本国の調査官に対してドイツの国家社会主義、さらにはナチス政権の素晴らしさを得々として語っていた。

「日本とドイツはともに軍人の国である。両国の〝武の精神〟こそが重要であり、言葉は二の次、いわば枝葉末節にすぎない」

「ドイツ人の我々に対する心遣いにはいつも驚かされる。訪問時にはこちらが何も言わなくても必ず好みの物が次々と供される。まさに以心伝心。ドイツと日本の心が相通じる証拠である」

「ナチスの幹部連中は常々こう言っている。『日本には決して悪いようにはしない。我々が欧州で第三帝国の夢を実現した暁《あかつき》には、アーリア人種の名誉会員たる日本には必ずやアジアの盟主となってもらわなければならない』」云々《うんぬん》。

自分がなぜ召還されたのかさえ、わかっていない様子だ。

何のことはない、陸軍武官上がりの駐独日本大使はナチスの〝おもてなし〟に良い気分にさせられたあげく、日本の外交機密を自分からぺらぺらと喋りまくっていたのだ。しかも、当人曰《いわ》く〝すべて衷心より日本のためを思ってしたこと〟だという。

発言記録からは、自分が利用されたという自覚がまったく見られない――。

雪村はさすがに唖然となった。

以心伝心？　ドイツと日本の心が相通じる証拠？

交渉相手の嗜好や、逆に弱点などを事前に徹底的に調べておくのは、いわば外交のいろはだ。そのために、合法・違法を問わず、さまざまな手段が日々用いられている。交渉相手に接する基本的な前提すら理解していない人物が、駐独日本大使を務めている？　そのこと自体がまさに驚天動地だ。

妙なことに気づいた。

大使は、日本の外交機密を自分からぺらぺらと喋りまくっている。

だとすれば、おかしな話だった。

新大使館には、大使室を中心に数多くの盗聴器が仕掛けられていた。考えようによっては、不自然なほどの多くの盗聴器が。

だが、大使に機密保持の自覚がないのなら、大使本人に尋ねれば〝日本のためを思って〟機密事項を自分から話してくれる——盗聴器は不要だ。

盗聴器を仕掛けたのはナチスではないのか？　それなら、いったい誰が？　何のために……？

雪村は顔を上げ、ホテルの壁に取り付けられた鏡を覗き込んだ。

鏡に映っているのは、雪村幸一という偽の経歴《カバー》をまとった〝見知らぬ男〟の顔だ。何者でもあり、何者でもない若い男の顔。ホテルの安っぽい照明のせいか、あたかも幽霊のように見える……。

幽霊《ガイスト》？

雪村は眉を寄せた。

同じ言葉を最近耳にした。

昨日、逸見に招かれて訪れたウーファの撮影所でだ。

撮影所で、雪村は偶然ナチス宣伝大臣ゲッベルスと行き合わせた。そのゲッベルスが、会話の途中、妙な言葉を口にした。「この撮影所に幽霊が出るという噂を耳にした」。唐突にそんなことを言い出したのだ。否、問題は彼の言葉そのものではなかった。「本来いるはずのない人物が、なぜかここで目撃されている――幽霊と呼ぶほかない」。ゲッベルスがそう言った瞬間、雪村は周囲で複数の人間が同時にハッと息を呑む気配を感じた。それとなく周囲を窺うと、何人かの者たちが不安げに目配せを交わすのが見えた……。

近くにいたのはウーファの撮影スタッフ、あとは映画俳優たちだ。

彼らの間で交わされていた妙な目配せが、意識の底にずっと引っ掛かっていた。だから、とっさに〝幽霊〟などという馬鹿げた比喩《ひゆ》が頭に浮かんだのだ。

雪村は机の上に両肘《ひじ》をつき、顔の前で指を組み合わせた。

《マイスタージンガー》の音符が頭の中で生き物のように跳びはね、絡まりあい、不協和音を奏でる。

高らかに鳴り響く音楽がふいに途切れ、ある仮説が浮かんだ。

一応、確かめてみるか。

雪村は口の中で低く呟くと、椅子から立ち上がり、帽子とコートをとってホテルの部屋を出た。

7

「カットだ、カット！」

逸見五郎は大声で怒鳴った。

「もっと自然に！　わかる？　自然に《ナチユラーレ》だ。いいか、この映画は音付き《トーキー》なんだ。サイレント時代の大袈裟《おおげさ》な身振りは必要ない。時代は変わった。もっと自然に！　それがハリウッド・スタイルだ」

早口にまくし立てると、作り物の暖炉の前に立った軍服姿のドイツ人俳優と、金髪碧眼《へきがん》、花柄のドレスを着た女優が不満げに目配せを交わした。〝なんだって自分たちが日本人《ヤップス》の指示を受けなければいけないのか？〟といった表情だ。

逸見は、憮然《ぶぜん》とした表情で監督用の椅子にふんぞりかえった。

ゲルマン民族が優秀かどうか知らないが、少なくともこの撮影現場では自分が映画監督だ。つまりは神だ。文句があるなら、この逸見五郎を映画監督に任命したドイツ宣伝省に言うんだな。

と、これはさすがに口には出さずに胸の内で呟《つぶや》くに止《とど》め、

「さ、今のシーンをもう一度。最初からだ。自然な演技で頼むよ。――よーい、スタート！」

再開された演技を見て、逸見は内心舌打ちをした。

大根どもめ。こんなことだから、いつまで経ってもハリウッドに勝てないんだ。

そう考えて首を傾げ、改めて顔をしかめた。

いや、違うな。そうじゃない。ドイツの映画がハリウッド映画に勝てない根本的な問題点。

それは……。

「カット！」

再び演技を中断された俳優たちは、今度は何だといった顔つきだ。逸見は頭の後ろをぼりぼりと掻《か》いた。

「ちょっと休憩しよう。再開は三十分後だ」

勝手にそう宣言した後、思いついて続けた。

「悪いが、みんな一度スタジオを出てくれないか。一人で考えたいことがあるんでね」

逸見の言葉に、俳優やスタッフたちが呆《あき》れたように顔を見合わせた。すでにスケジュールは遅れている。のんびり休憩している暇はないはずだ。が、撮影現場で監督の指示は絶対だった。たとえそれが気まぐれな日本人だったとしてもだ。全員、不満げな表情を浮かべたまま、ぞろぞろと撮影スタジオを出て行った。

無人となったセット——寄せ木張りの床、ブラックチェリー材の家具、作り物の暖炉——を前に、逸見は頭の後ろで手を組み、監督用の椅子の背に深くもたれかかった。

目玉だけ動かして、周囲を眺める。

天井からずっしりとした暗幕が垂れ下がり、完全に壁を覆い尽くしている。床には至るところにケーブルがはい回り、足の踏み場もないほどだ。ケーブルの一部は壁伝いに逆に天井にはい上がっている。すぐ背後には、レンズが突き出した重い金属製の箱——ドイツが誇る最新型の映画撮影機だ。もう一台の撮影機は三脚と一緒に台車に載っているが、こちらはレールの上を水平に移動できる仕組みだ。たくさんのレバーや真空管、点滅するランプを配した音響調節機。上にヘッドフォンが置いてあった。その背後から延びているケーブルを順に目で追えば、天井からぶら下がる二本の集音マイクにつながっている……。

ぐるりと一巡して、結局元の場所に戻ってきた。

逸見は目の前の無人の撮影セットにぼんやりと目をやり、きつく眉《まゆ》を寄せた。

〝考えたいことがある〟

スタッフたちにそう言ったのは嘘ではない。

朝からずっと気になって撮影に集中できなかった。撮影どころではない心配事——。

ナチス宣伝大臣ゲッベルスの言葉だ。

昨日、ナチス宣伝大臣ヨーゼフ・ゲッベルスが、愛人の一人と噂されるリーフェンシュタールを伴って撮影現場を訪れた。そのさい彼は、妙に意味ありげな口調で、

「この撮影所には最近、幽霊《あるもの》が現れるという噂を聞いた」

と謎のような言葉を口にした後、

「われわれは幽霊の存在を認めない。念のためゲシュタポにここを見張らせるので、せいぜい気をつけることだな」

そう言って、反応を観察するように逸見の目を覗《のぞ》き込んだのだ。

逸見は思わず顔色を変えた。

――私の言う意味はわかるね？

ゲッベルスはそう言ったが、逸見には正直何の話かさっぱりわからなかった。だが、いずれにしても、あのままお帰り頂くのは危険過ぎた。こんにちのドイツでゲッベルスのご機嫌を損ねた相手は、まず間違いなく首が飛ぶ。職業上の首だけでなく、文字通り生首が飛ぶことになりかねない……。

切羽詰まった逸見は、とっさに話を合わせた。

「ゲッベルス閣下、じつは閣下にお知らせすべきかどうかさっきから迷っていたのですが」

左右を見回し、ゲッベルスに顔を寄せて声を潜めた。

「おっしゃるとおり、この撮影現場には幽霊が出ます。おかげでスタッフたちがすっかり怖がっていましてね。スケジュールが遅れているのも、予算がオーバーしているのも、そのためなのです」

ゲッベルスは訝《いぶか》しげに眉を寄せて、訊《たず》ねた。

「では、本当に幽霊が出るというのかね？」

「出ます、もちろん出ますとも！」

逸見はそう言ってきっぱりと頷いた後、早口にまくし立てた。

「映画好きで知られるゲッベルス閣下ならご存じだと思いますが、昔から映画の撮影現場には幽霊が付き物でしてね。よく出るのですよ。たぶん映画が光と影を扱う芸術だから幽霊と相性がいいんでしょうな。いや、もしかすると、電気を使うからかもしれない。撮影中、突然セットの中に白い人影が現れて、鏡の中にすーっと消えていく。この目でたしかに見ました。日本でもハリウッドでも、どこでも」

　肩をすくめた。

「しかし、何か悪さをするわけではないので、スタッフたちもそのうちに慣れてくれるでしょう」

　ゲッベルスは、ふむ、と鼻を鳴らした。目を細め、疑わしげに逸見の顔を眺めた。ほどなく、リーフェンシュタールを伴って帰っていったのだが……。


　逸見は昨日の一件を思い返して、首を捻った。

　あの場はとっさの機転――我ながらあんな出まかせをよく思いついたものだ――で煙に巻いてお帰り願ったが、次回以降はああうまく行くとは限らない。

　ゲッベルス本人がわざわざ撮影現場を訪れたのには何か裏の意味がある。そう考えるべきだろう。もちろん〝幽霊が出る〟というあの言葉にも。それ相応の対策を練っておく必要があった。なにしろ――。

〝ゲシュタポにここを見張らせるので、せいぜい気をつけることだな〟
ゲッベルスは逸見にそう警告したのだ。

警告？

だが、いったい何だ？　ゲッベルス閣下はいったい何が気に食わないというのか？

逸見は顔をしかめ、いま一度首を傾げた。

〝撮影スケジュールが遅れている〟。そう指摘された。〝製作費が予算をすでにオーバーしている〟とも。

なるほど、スケジュールが当初の予定より遅れているのは事実だ。だが、それはナチスが掲げるあの妙な方針のせいで、優秀な映画スタッフたちが次々に追放されて、現場の質が低下しているからだ。スケジュールの遅れは、言わばナチス＝ゲッベルスのせいだ。尻《しり》だけ押し付けられても、対応に困る。

製作費について言えば、確かに逸見は予算の一部を私的に流用していた。だが、それが何だというのだ？　映画製作などというものは、世界中どこに行っても〝ドンブリ勘定〟と相場が決まっている。映画は製作費用を回収した後は、映画館にお客が入れば入るだけ利益につながる〝濡《ぬ》れ手で粟《あわ》〟の水商売だ。多少の誤差は付き物。良い映画を作るためにはむしろ、多少予算がオーバーし、多少スケジュールが遅れて当然ではないか？

そもそも、映画製作費用など、ドイツがいまやっている戦争に比べれば微々たるものだ。ご大層なドイツ戦車一台作る金で、大作映画が何本も撮れてしまう。良い映画を作るのには金がかかる。贅沢《ぜいたく》をしなければ映画なんか撮れるものか。いい女と同じだ！

いい女？

そう考えて、逸見はふいに頭を殴りつけられたような気がした。

待てよ、違うのか？

思い出した。

表向きゲッベルスは〝良き家庭人〟であり、夫人の連れ子を含む二男五女からなる彼の大家族は〝模範的なドイツ家庭〟だと喧伝《けんでん》されている。だが、裏では、ゲッベルスの女漁《あさ》りは有名な話だった。〝インテリの小男〟ゲッベルスは、噂によれば若い頃は例によってまるで女性に相手にされなかったらしい。ところが、そのゲッベルスが宣伝大臣となり、ドイツの映画界に力を持つようになると、美女たちの方から彼に近寄ってきた。色目を使い、ベッドに潜り込もうとする。ゲッベルスは変わった。今では彼は、映画界を牛耳る絶大な権力を背景にして、手当たり次第女優たちに関係を迫っている。

まったくもって、よくある話だ。陳腐すぎて、欠伸《あくび》が出るほどだ——。

なるほど、そうか。そういうことか。

逸見は頭の後ろで腕を組み、一人くすくすと笑い出した。

〝ここに本来いるはずのない人物が、なぜかここで目撃されている〟

幽霊の説明としてゲッベルスはそんなことを言っていた。

ここに本来いるはずのない人物。

逸見は一人の若い女の姿を思い浮かべた。マルタ・ハウマン。目を瞠《みは》るような金髪に澄んだ湖を思わせる薄碧《みどり》の瞳《ひとみ》が魅力的な、北欧系の美女だ。逸見とは新作映画で共演したのをきっかけに親しくなり、現在進行中の仲だ。撮影所にも何度か個人的に連れて来たことがある――。

だが、ゲッベルス閣下の思《おぼ》し召しとあらば仕方がない。マルタにはよろしく言って、別の相手を探すとしよう。

それにしても、と逸見は苦笑しながら首を振った。

〝マルタ・ハウマンから手を引け〟

ナチス宣伝大臣ゲッベルスが、わざわざそんなことを言うために撮影現場に足を運んできたのかと思えば、おかしくてならなかった。逸見に直接そう言えなかったのは、隣に〝愛人の一人〟リーフェンシュタールが目を光らせていたからだろう。ゲッベルスは、長い付き合いの彼女にだけは頭が上がらないという噂だ。だから〝この撮影所に幽霊が出る〟などと遠回しに、謎掛けのようなことを言ったに違いない――。

〝ゲシュタポにここを見張らせるので、せいぜい気をつけることだな〟

一国の大臣ともあろう人物が、一人の若い女を手に入れるためにそこまでするとは、驚きを通り越して、もはや笑い話とさえ言えるくらいだ。若い頃、よほど女にもてなかった――酷《ひど》い目にあった――のだろう。

こりゃ、ドイツは戦争に負けるな。

逸見は無意識にそう呟いて、自分でも驚いた。ドイツは現在英仏との戦争の真っ最中だ。巷《ちまた》では、戦局は圧倒的にドイツが優勢という話で、日本やイタリアなどは、快進撃を続けるドイツの尻馬に乗って新たに戦争を始めるのではないかと噂されている……。

逸見は肩をすくめた。考えても仕方がないことだ。政治のことなどわからない。ましてや戦争の行方など。第一、ドイツが戦争に勝つにしても負けるにしても、自分には関係のない話だ。

逸見はニヤリと笑った。昨日から頭の上に垂れ込めていた暗雲がすっかり晴れた気がした。撮影を再開すべくスタッフを呼び戻そうと立ち上がった時には、すでに別のことを考えていた。

そうだ、次は幽霊映画を提案してみよう。きっと傑作になるぞ。問題はゲッベルス閣下をどう説得するかだが……。

思いついて、パチンと指を鳴らした。

いっそ、マルタ・ハウマン主演でどうだろう?

8

幽霊か。

雪村は鏡に青白く映った自分の顔を眺め、唇の端に微かな笑みを浮かべた。

ベルリン日本大使館、午前二時――。

スタッフが全員帰った後の大使館内は、森閑として物音ひとつ聞こえない。照明はすべて落とされ、カーテンの隙間から差し込む青い月明かりがわずかに物の輪郭を浮かび上がらせているばかりだ。

雪村は大使室の壁に取り付けられた姿見の前に立ち、鏡を正面から覗き込んで、引き絞るように目を細めた。

昨日――。

撮影現場を訪れたゲッベルスは、妙なことを言い出した。

〝この撮影所には幽霊《あるもの》が出る〟

ゲッベルスが最初にそう口にした瞬間、雪村の周囲で複数の人間がハッと息を呑《の》む気配がした。さりげなく窺《うかが》うと、声が届く範囲にいたのは、ウーファの撮影スタッフと映画俳優たちだけだ。彼らの反応に、雪村は違和感を覚えた。彼らの動向に注意を払っていると、逸見の発言の途中で――〝幽霊のせいだ〟。スケジュールの遅れと予算超過をゲッベルスに指摘された逸見は、相手の話に調子を合わせてそう言い訳した――、若い撮影助手の一人がぎょっとした顔で動きを止め、不安げな様子で左右を見回すのが視界の隅に見えた。別の映画スタッフの一人が慌てたように彼の視線を捉《とら》え、小さく首を振った。さらに別のスタッフが、声に出さずに、

〝ここじゃない〟

と唇を動かすのが、読唇術の訓練を受けた雪村の目にははっきりと読み取れた……。

逸見の言い訳は、出鱈目《でたらめ》、嘘八百のようだが、逸見本人にとってはあれがもっとも合理的な答えだったのだろう。実際、ゲッベルスをまんまと煙に巻いてしまった結果からも、彼の判断は正しかったことがわかる。だが――。

〝白い人影が現れて、鏡の中にすーっと消えていく〟

逸見の出鱈目な言い訳の中で、その部分だけが妙にリアルだった。

取り調べを行う側の人間なら誰でも知っていることだが、人間は目の前の事実と何の関係もない嘘をとっさに並べ立てられるものではない。傍《はた》から見ると、いかにも突拍子のない出鱈目を話しているように見えても、話している者にとっては頭の中で必ず目の前の事実と何か関係した内容が浮かんでいるものだ（訊《き》かれたことと全く関係のない事象を理路整然と並べられるのは、生まれついての天才的な嘘つきか、もしくは徹底的に訓練を受けた優秀なスパイだけだ）。逸見は最近〝鏡の中に消える白い人影〟を実際に目にした。だからこそ、とっさにそんな表現が口から出てきたのだ。尤《もっと》も、逸見に限れば、彼が何を目にしたとしても不思議はなかった。逸見は長く映画の世界に生きてきた人物だ。スクリーンの中でならどんなことでも起こり得る。問題は――。

〝ここじゃない〟

ひっかかったのは、その一点だ。

ゲッベルスや逸見の言葉に対する撮影所スタッフたちの反応は、いかにも不自然だった。

不安げな顔。意味ありげな目配せ。そして〝ここじゃない〟……。

ホテルの部屋で日本大使の聞き取り調査報告書を読んでいた時、雪村はふと、そのことを思い出した。同時に、ある仮説が頭に浮かんだ。

最初は馬鹿げていると思った。あり得ない、と。だが、もしこの仮説が正しいとすれば、バラバラに見えていたピースが一枚の絵に収まる。合理的な説明がつく。

一応、可能性を潰《つぶ》すつもりで、昨日のうちに簡単な罠《わな》を仕掛けておいた──。

雪村は足下に目を落とした。

大使室の床の上にごく薄くタルカムパウダーを撒《ま》いておいた。大使室を歩き回った者たちの足跡。その中のひとつが鏡の前で忽然《こつぜん》と消えていた。まるで鏡の中に歩み入ったかのように……。

幽霊か。

雪村はもう一度低く口の中で呟くと、ニヤリと笑い、一歩下がって鏡に向かって声をかけた。

「出て来い」

鏡の面がゆらりと揺れ、青白い顔をした見知らぬ男が雪村の前に姿を現した。

青白い顔に細い銀縁の眼鏡をかけた小柄な男は観念した様子で肩をすくめ、体の前で両手を広げた。

幽霊、ではない。生きた人間だ。

「何者だ、貴様？」

雪村が低く尋ねると、相手は驚いたように眉を寄せた。

「それじゃ、ぼくを捕まえに来たんじゃないのか？」

今度は雪村が無言で肩をすくめる番だった。

日本大使館大使室に隠し部屋が存在する。

そのことに気づいたのは、幾つかの偶然が重なった結果だ。例えば〝白い人影が現れて、鏡の中にすーっと消えていく〟という逸見の言葉だ。おそらく逸見は、最近大使室を訪れたさい、ひどく酔っ払った状態で鏡の背後の隠し部屋に入っていく人物を見かけたのだろう。だからこそゲッベルスに対する言い訳の中に、その部分だけ妙にリアルな発言が紛れ込んだ。

無論、逸見の言葉だけでは場所の特定は不可能だ。この広いベルリンのどこで見たとしてもおかしくはない。その時雪村の頭に浮かんだのが、大使室に仕掛けられていた不自然に多い盗聴器だった。調査報告書によれば、駐独日本大使はむしろ自分から進んで機密情報をドイツ側に漏らしている。盗聴器は不要だ。とすれば、大使室のあちこちに盗聴器を仕掛けたのは、ナチスではない。別の何者かが部屋の人の動きを知る必要があった。あれほどの数の盗聴器を使って室内の状況を正確に知る必要があるのは、大使室に直接出入りする者だけだ。

例えば、大使も知らない隠し部屋の住人——。

「ランゲ。ぼくはフィリップ・ランゲ」

目の前の男が唐突に名乗った。いくらか猫背気味の華奢《きゃしゃ》な骨格のランゲは、ぐいと胸をそらし、眼を輝かせて、自分自身が何者であるかをこう宣言した。

「映画監督だ」

雪村は引き絞るように目を細めた。

フィリップ・ランゲ。

たしかにその名前なら、聞いたことがあった。

しばらく前まで〝ドイツ映画黄金期を担う若き天才映画監督〟と呼び声も高かった人物だ。最近姿を見ないと思っていたが、まさかこんなところで、こんな形で出会うことになろうとは思ってもいなかった。

噂によれば、ランゲがドイツ映画界から突然姿を消した理由は二つ。

一つは、彼にユダヤ人の血が混じっている事実が判明したからだ。

ヨーロッパにおける所謂《いわゆる》〝ユダヤ人問題〟は、東洋の島国に住む日本人にとってはいささか馴染《なじ》みの薄いテーマである。キリスト教とユダヤ教の宗教対立に加え、土地の所有を禁じられ、ギルドから締め出されたユダヤ人たちは歴史的に小規模な小売や金融業に従事する者が多かった。ところが、皮肉なことに、近代資本主義の発達に伴い、金融業が社会で大きな力を持つようになると、ユダヤ人には高利貸しのイメージが定着した。額に汗して働く者たちから金銭を掠《かす》め取る悪徳金融業者。労働者を搾取する強欲な資本家——。

そのイメージに焦点を合わせて、極端なまでに拡大してみせたのがナチスだ。先の世界大戦後、敗戦国となったドイツには天文学的な賠償金が課せられ、ドイツ国民は泥沼のようなインフレと失業問題にあえいでいた。ドイツ国民の間にくすぶる不満をナチスは巧みにすくい上げ、敵意の対象としてユダヤ人を差し出したのだ。〝(失業もインフレも)悪いことは全部ユダヤ人のせいだ〟。屁《へ》理屈とさえいえないほどの馬鹿げたこじつけである。だが、聡明なはずのドイツ国民の一部がこの屁理屈に熱狂した。敗戦でプライドを失い、不満をためこんでいた彼らには、誰でも良いから身近な敵が必要だったのだ。ストレスをぶつける対象が。そのことを察したナチスは、ユダヤ人問題を取り上げた――ドイツ国内に対する情報戦として、だ。

ナチスは政権を奪取すると、ドイツ国内のユダヤ人から公民権を剥奪《はくだつ》、職を奪い、財産を没収した。〝ユダヤ人は劣等人種である〟というのがその理由だった。さらに、収容所が作られ、ユダヤ人というだけで多くの人々が強制的に収容所に送られた。すべてのユダヤ人が職場から姿を消した。ある者は収容所に送られ、ある者は自ら海外に亡命した。映画業界も例外ではなかった。ユダヤ人と認定された者は、収容所行きか、国外追放の選択を迫られた。ユダヤ人という理由で多くの優秀なスタッフが流出した。ここに来て急速にドイツ映画の衰退が囁《ささや》かれているのも、理由がないわけではない。

ドイツ映画界が誇る若き天才映画監督フィリップ・ランゲにもまた、ユダヤ人問題がふりかかった。彼は早くから自分の体にユダヤ人の血が流れていることを公言していたからだ。だが、ランゲをドイツ映画業界から追放することを、ある人物が強硬に反対した。

宣伝大臣ヨーゼフ・ゲッベルス。ヒトラーの懐刀、ナチスきってのインテリであるゲッベルスは、映画監督としてのランゲの才能にほれ込み、ドイツ映画業界に必要不可欠な人物であるとして追放に難色を示した。ゲッベルスの強い意向で、ランゲは〝特別扱い〟とされた。その代わり、ナチスを礼讃する映画を撮ることが条件だった。ところが――。

ランゲが撮った「ナチス礼讃映画」を観たとたん、ゲッベルスは顔色を変えた。彼はこれまでの態度を一変させ、ゲシュタポにランゲを逮捕して直ちに強制収容所に送り込むよう命じたという。

それが、ランゲがドイツ映画界から姿を消した二つ目の、そして決定的な理由だ。

ゲシュタポが踏み込んだ時、ランゲの自宅はもぬけの殻だった。報告を受けたゲッベルスは冷静な顔で「ベルリンから抜け出す時間的な余裕はなかった。何としてもランゲを逃がすな」と厳命した。

以来、ゲシュタポはベルリン市境すべてに厳しい検問所を設け、昼夜を問わず血眼《ちまなこ》になってランゲを捜している。そのランゲが、まさか日本大使館に潜んでいたとは、さすがの雪村にとっても予想外の出来事だった。

どうする?

雪村は眉を寄せた。

目の前の相手は〝ナチスのお尋ね者〟だ。ランゲの身柄を押さえ、ゲシュタポに引き渡す。それが、ドイツと同盟関係にある日本国民に期待される行動だろう。だが――。

ふと、背後に人の気配を感じた。

雪村は、正面に立つランゲからわずかに視線を動かした。戸口に立ついくつかの黒い人影が、鏡に映っている。

一瞬遅れてランゲも気づき、雪村の肩越しに戸口に目を向けた。ランゲの顔に安堵《あんど》の笑みが浮かんだ。どうやら彼の〝お仲間〟が来たらしい。

雪村は、鏡に映ったシルエットの一つに見覚えがあることに気づいた。酔っ払いの逸見を連れ出した夜、歩道脇の建物の屋上から植木鉢が降ってきた。あの時、屋上にいた人物だ。つまりあれは、逸見を狙ったものではなく、大使室の盗聴器を排除していた雪村への警告だったというわけだ……。

無言のまま大使室に歩み入ってきた人物は全部で六人。

半ば予想していた通り、全員がウーファ撮影所にいた映画のスタッフだ。彼らは雪村を取り囲む位置で足を止めた。

雪村が相変わらず平然とした様子でいることに気づくと、彼らは戸惑ったように顔を見合わせた。やがて、中の一人が思い切ったように雪村に話しかけた。

「この件をどうするつもりだ？」

「それをいま、思案している」

「内密にしておいてもらえないでしょうか？」

別の一人が言った言葉に、雪村は思わず笑みを漏らした。他国の大使室に盗聴器を仕掛けておいて、ずいぶんと虫の良い話があったものだ。

「なぜこんなことになったのか、まずは事情を聞かせてくれ」

雪村は低い声で言った。

「どうするかは、その後で決める」

彼らは顔を見合わせ、思案する様子だった。が、やがて代表の一人が覚悟を決めたように事情を話しはじめた。

フィリップ・ランゲに対する逮捕命令が出たさい、ウーファの映画スタッフの一人がたまたまその場に居合わせた。逮捕されればランゲは終わりだ。彼は慌ててランゲに連絡し、急いで逃げ出すよう忠告した。但し、逃げ出すにしても、既に厳重な指名手配の指令が下った後だ。ひとまずどこかに身を隠す必要があった。最初は映画スタッフたちの自宅を転々としていたが、すぐにゲシュタポの手が伸び、危うくなった。ちょうど一人のスタッフの妹が、新築中の日本大使館で働きはじめたところだった。同盟国である日本大使館ならば、ゲシュタポの捜査の手が伸びることもあるまい。そう考えて、建築中の日本大使館にひとまず身を隠させた。並行して、建築業者に金を渡し、大使室の壁に錯覚を利用した小さな隠し部屋を密《ひそ》かに作ってもらった。大使室に大量の盗聴器を仕掛けたのは無論、部屋の主《あるじ》である日本大使の動きを正確につかむためだ（トーキー以来、見えない場所にマイクを隠すのは録音技師の腕の見せ所だった）。但し、ドイツ人以上にナチスの信奉者である日本大使には、絶対にランゲの存在を気づかれてはならなかった。〝幽霊のように〟鏡を出入りするランゲの行動は、盗聴器から得られた情報に基づいていたというわけだ。

今から振り返れば馬鹿げた話に思えるが、あの時は命懸けの綱渡りをしているような感じだった。近いうちになんとか次の手を考えるので、それまでこの件はどうか内密にして欲しい……。

話を聞いて、雪村は眉を寄せた。目の前の青白い顔をした小柄な男――フィリップ・ランゲ――のために、ここにいる連中はずいぶんと危険な橋を渡ったものだ。ゲッベルス直々の指名手配人物を匿《かくま》ったと判明すれば、ただではすまない。文字通り命懸けの事態となるはずだ。彼らにとってランゲは命を懸けてでも守る価値がある人物ということか？　それにしては、やり方がまったく素人だ。尤も、場当たり的な素人のやり方だからこそ、悪名高きゲシュタポの裏をかいて、ここまで気づかれずにいたのかもしれないが――。

雪村は少し考えて、訊ねた。

「このことを、逸見さんは知っているのか？」

映画スタッフの一人が首を振って答えた。

「あの人は何も知りません。イツミさんは、お金に関しては何というか……たいへん鷹揚《おうよう》な方なので……それで、何というか……　〝協力〟してもらっただけです」

協力ね。

雪村は鼻先で笑った。

ゲッベルスに予算超過を指摘されたあの時、逸見は心底意外な顔をした。首を傾げ、「今回は、まだそんなに使っているはずはない」、そう呟いた。何のことはない、本来彼の映画製作資金となるべき金がこっちに流用されていたというわけだ。

それにしても、簡単に多額の金を流用される逸見も逸見だ。たしかに企画、俳優、演出、監督もできる日本人離れした才能の持ち主だが、その分、現実と虚構の区別がつかないところがある。あるいは長く映画に携わるとみんな彼のようになるのかもしれない……。

気がつくと、全員が不安げな面持ちで雪村を見つめていた。雪村の返事を待っている。

どうする?

雪村は顎《あご》を捻った。ひょいと思いついて、ランゲに尋ねた。

「貴様が撮った映画を観られるか?」

9

「どうされました?」

背後から不意に声をかけられて、逸見は危うく椅子から飛び上がりかけた。

ぐるりと椅子を回して振り返ると、雪村がホテルの部屋の中に立っていた。小首を傾げ、いつもの人の好《よ》さげな色白の顔にもの問いたげな表情を浮かべている。

「いつから……いや、どうやって入ってきた? なぜきみがここにいるんだ」

逸見は慌てて机の上に広げた手紙をほかの書類の間に押し込みながら、雪村に尋ねた。

「なぜって……」

雪村が困惑したように眉を寄せた。

「逸見さんに呼ばれたからですよ。『ホテルの部屋に迎えに来てくれ。一緒に撮影所に行こう』、昨日そうおっしゃいましたよね？」

ああ、と逸見はそれでようやく思い出した。先日、映画好きだという雪村をウーファ撮影所に招待した。ところが、ゲッベルスらの突然の訪問にすっかりバタバタしてしまい、見学どころではなくなったので、仕切り直してもう一度招待したのだ。

「ドアは開いていました」

雪村が肩をすくめて、さっきの質問に答えた。

「何度かノックして、それから部屋の中に声もかけたのですが、全然返事がないので、心配になって入ってきたのです。……まずかったですかね？」

「いや、大丈夫だ。何も問題ない。気にしなくていい」

逸見は椅子に座ったまま、両手を広げ、相手にというよりは、自分に言い聞かせるように言った。

「じつに立派な部屋ですね」

雪村がぐるりと視線を巡らせ、感心した顔で言った。

「高い天井。ゆとりのある広い空間。ふかふかの絨毯《じゅうたん》。重量感のある高級家具。バスルームは全部大理石ですか？　私が泊まっている安ホテルなんかとは何もかもが大違いだ。さすがはホテル・アドロンだ」

ベルリンで一、二を争う最高級のホテルだ。

逸見はドイツからの招待を受けた際、宣伝省と交渉して、映画撮影中はアドロンへの宿泊を許可させた。

芸術には贅沢が必要だ。

それが映画人としての逸見のモットーだった。

最高級のホテル。最高級の料理。最高級の酒。そして、最高級の美女。世界を相手に全部自分の力で手に入れてきた。ここまでは何の問題もなくやってきた。そのはずだった——。

「どうされました？」

さっきと同じ質問に我に返った。顔を上げると、雪村が心配そうな表情を浮かべて逸見の顔を覗き込んでいた。

「なんだか顔色が悪いですよ。ノックの音も聞こえなかったようですし……。何か問題でも？」

何か問題でも、だと？

血の滴《したた》る傷口に塩を塗り込むようなものだ。

逸見は相手の無神経な言葉に、思わずかっとなりかけた。が、考えてみれば、雪村は何も知らないのだ。雪村相手に腹を立てても仕方がない——。

「おや、何だろう？」

雪村が小首を傾げて呟き、足下に落ちていた書類を拾い上げた。そのまま声に出して読み上げた。

「……〝ゲシュタポに暴露されたくなければ、今後はわれわれの指示に従え……〟」

しまった！

逸見は飛びつくようにして、雪村の手から書類を引ったくった。

気まずい沈黙の後、雪村が訊ねた。

「何です、今の書類は？」

「何でもない。忘れてくれ」

「何でもないことはないでしょう！」

雪村が珍しく声を上げた。

「いまの手紙の文面はどう見ても脅迫状でしたよ？　〝ゲシュタポに暴露されたくなければ、今後はわれわれの指示に従え〟？　逸見さん、いったいどうしたのです？　誰に脅されているのです？」

「誰にだと？　くそっ、そんなこと知るか！　こっちが教えてもらいたいくらいだ！」

なんとか堪《こら》えていた感情が、ついに爆発した。一通り怒鳴り散らすと、逸見は天井を見上げ、椅子の背にもたれて、せっかくきっちりとなでつけていた髪の毛を両手でかきむしった。

雪村が恐る恐る提案した。

「警察に届け出ましょう」

「警察に届け出る？　ゲシュタポにか？」

逸見はげんなりした顔で首を振った。

「冗談じゃない」

国家秘密警察――通称〝ゲシュタポ〟は、元はナチス政党内部の調査組織だが、ナチス政権奪取後に急速に勢力を拡大。旧来のドイツの警察組織を駆逐する形で、ドイツ国内の〝治安維持〟に絶対的な力を振るっている。彼らは、自分たちに都合の良い自供を引き出すためなら何でもやる。文字通り〝何でも〟だ。ゲシュタポの取調室から無傷で帰って来た者はいない。逆に、無実の者が拷問を受けて半殺しにされた――虐殺された――例なら、いやというほど聞かされていた。

「しかし、日本はドイツの友好国です。彼らもまさか、日本人相手に手荒なまねはしないでしょう」

逸見は無言のまま顔の前で大きく手を振り、雪村の提案をきっぱりと断った。

目付きが気に食わないといった理由で無実の者を嬲《なぶ》り殺しにする連中とは、何があっても係わり合いになりたくない。

「逸見さん、あなたは何をしたのです？」

雪村が尋ねた。

「脅迫者は何をネタに、あなたを強請《ゆす》ろうとしているのです？」

逸見は少し考えた後、首を振り、ため息をついて答えた。

「手紙の主は、私がナチスの金を私的に流用したと言っているのだ」

「ナチスの金を？　本当にそんな大それた犯罪に手を出したのですか？」

「その答えは〝した《ヤー》〟とも言えるし、〝していない《ナイン》〟とも言える」

逸見は指先で自分の髭《ひげ》をなでつけながら言った。

「コインの裏表。もしくは、見解の相違というやつでね。良い映画を撮るためには、どうしても金がかかる。その意味で、私は映画製作費の一部を私的に流用した、とも言えるし、していないとも言える。良い映画を撮るための投資だ。映画が一本ヒットすればすぐに回収できる程度の微々たる金額だよ。だが、どうやら脅迫者はその証拠を握っているらしい」

そうですか、と呟き、小首を傾げた雪村は、すぐに何か思いついた様子で手を打った。

「それなら、ゲッベルス閣下にすべてを正直に話してみれば如何《いかが》でしょう？　あの方は芸術に対して理解があると聞いています。お金の使い途《みち》についても、正直に話せばきっとわかって下さるはず……」

「だめだ！　それだけは、絶対にだめだ」

逸見は慌てて雪村の提案を遮った。

「本件をゲッベルス閣下に知られるのは、まずい。そう、きみは知らないだろうが、ゲッベルス閣下は、なんというか、あれでなかなか気難しいところのあるお方でね」

早口に続ける逸見の額にじりっと汗が浮かんだ。

実を言えば、脅迫のネタは横領だけではなかった。

横領の一件はむしろ付け足しで、同封されていた写真こそが問題だったのだ。ゲッベルスが手を出すなと警告した女優マルタ・ハウマンとの、ベッドでのあられもない姿を隠し撮りした写真だ。ゲッベルスにだけは知られるわけにはいかなかった。

額の汗を拭《ぬぐ》い、顔を上げると、雪村が訝しげに目を細めていた。

「それじゃ、どうするおつもりなんです？」

逸見は肩をすくめ、あっさり答えた。

「逃げるさ」

問題が起きたらすぐにその場を逃げ出すに限る。それもまた逸見の人生のモットーの一つだ。日本でも、アメリカでも、これまでずっとそうしてきた。今回も同じことだ。何しろ自分には才能がある。俳優、演出、企画、監督。なんでもござれ。この身一つで世界中どこに行ってもやっていける自信がある。だが――。

「いったい、どこへ逃げるのです？」

改めて雪村に訊かれて、逸見はとっさに返事に窮した。

考えてみれば、アメリカにも日本にも戻れない。ドイツから逃げ出そうにも、そのドイツ軍がいまや欧州を席巻しかねない勢いなのだ。よほど逃げ出す先を考えない限り、むしろ藪《やぶ》蛇《へび》になりかねなかった。

くるりと椅子を回し、机の上に世界地図を広げた。追っ手を気にすることなく、かつ自分の才能が生かせる場所となると――。

肩越しに手が伸びてきて、机の上に置いてあった脅迫状をつまみ上げた。

あっ、と声を上げ、取り返そうと手を伸ばしたが、雪村に制せられた。

「何をする、返したまえ！」

立ち上がろうとした逸見を雪村は指一本で制して、脅迫状に目を走らせた。

「紙はドイツ製。但し、使われているインクの色は〝ロシアンブルー〟――ロシア製のインクです。それに、この分離動詞の使い方。この文章を書いた者はロシア語を母国語とする人間の可能性が高い……」

急に人が変わったようにぶつぶつと呟いている雪村の様子に、逸見は呆気《あっけ》に取られた。

「最近、後を尾《つ》けられている、あるいは、見張られているような気配を感じたことはありませんか？」

雪村が唐突に、逸見に顔を振り向けて訊ねた。

無言のまま、首を振って答えた。

「とすると、やはりスパイの仕業か」

雪村が目を細め、独り言のように早口に呟いた。

「脅迫者は、おそらくソ連のスパイでしょう。しかし、ソ連のスパイがベルリンで何をしている？　ウーファに細胞を潜り込ませて、いったい何を企んでいるんだ？」

「きみ？　雪村……君？」

逸見は恐る恐る声をかけた。目の前の人物が、これまで逸見が知っていると思っていた映画好きの好青年——大使館の内装を請け負うために日本からやって来た内気な若者——雪村幸一と同一人物だとは到底思えなかった。

振り返った雪村が、刺し貫くような視線を向け、低い声で逸見に提案した。

「われわれでこの事件を解決しませんか？　われわれの手で脅迫者を捕まえて、ナチスに突き出すのです。あなたの些細《ささい》な横領の事実くらいは見逃してくれるはずです。それに」

と雪村は口元に凄惨《せいさん》ともいえる笑みを浮かべて続けた。

「ゲッベルスが狙っていた女優に手を出したこともね」

げっ……。

もはや言葉にさえならなかった。

逸見はゴクリと唾《つば》を呑み込んだ。懸命に絞り出すようにして、かすれた声で尋ねた。

「きみは……いや、あんたはいったい何者なんだ？」

「あなたがいつぞやのパーティーで指摘したとおりですよ」

仮面がはがれ落ち、もはや隠しようもない才気を閃《ひらめ》かせながら、雪村が声を潜めて言った。

——日本軍のスパイです。

10

「軍の機密事項です。他言無用でお願いしますよ」

ニヤリと笑ってそう言った雪村が、急にまた何ごとか思い当たった様子で逸見に訊ねた。

「近々、ヒトラー総統とお会いになる予定があるのでは？」

「そう言えば、明後日にゲッベルス閣下のお屋敷で映画関係者を集めて内輪のパーティーが開かれることになっている。そのパーティーに総統が顔を出されるかもしれない、という話を聞いたが……」

「それだ！」

雪村がパチンと指を鳴らした。

「ソ連のスパイの目的は、おそらくヒトラー総統の暗殺です。ナチス、ナンバー2のゲッベルスのお屋敷で行われた内輪のパーティーの席上、総統が暗殺されたとなれば、ドイツは一気に崩壊します」

ヒトラー総統の暗殺？　ドイツの崩壊？

逸見は目をしばたたいた。

「待ってくれ。話についていけない。いったい何だってそんなことに……」

いいですか、と雪村は、逸見の目をまっすぐに見て早口に続けた。

「ソ連のスパイは、逸見さん、あなたの弱みを握った。仕方がない、どんなに清廉潔白な生活を送っている人間にも必ず弱みはあるものです。たとえ本人が気づいていなくても、何かしら公《おおやけ》にされたくない、もしくはある特定の人物にだけはどうしても知られたくない秘密が絶対に存在する。その秘密をあぶり出し、そして秘密をネタに標的となった人間をコントロールする――それがスパイなのです。現時点では、ソ連のスパイの具体的な考えは私にもわかりません。あなたを洗脳して暗殺者に仕立て上げるつもりなのか、あるいはあなたの手引きでパーティーに暗殺者を潜り込ませようとしているだけなのかもしれない。ただ一つわかっているのは、逸見さん、あなたがもし一度でも、そしてどんな些細なことでも彼らの指示に従ったら、その瞬間からあなたは彼らの手に落ちたことになる。どんどん深みにはまっていく。あなたは絶対に逃れられない。その先にあるのは破滅だけです」

「では……私はどうすればいいんだ？」

すがりつくような気持ちで雪村に尋ねた。

「われわれの手で解決するしかありません」

雪村はきっぱりと頷《うなず》いて言った。

「脅迫者であるソ連のスパイたちと対決する――あなたと私の二人で、です」

そんなことができるのか？

逸見は呆然《ぼうぜん》となった。

「接触方法について、彼らは具体的に指示してきているのですか？」

逸見は慌てて脅迫状を読み返して、低くうめいた。

「〝十二時にウルバン荷揚げ場に一人で来い〟……今夜だ」

時計を確認した雪村が、視線を逸見に戻し、冷静な声で言った。

「時間がない。急ぎましょう」

深夜のベルリン――。

灯火管制が敷かれ、明かりの消えた暗い石畳の上を二人の男の靴音がこだまする。

脅迫状で指定された〝ウルバン荷揚げ場〟は、ベルリン市街の南を流れるラントヴェア運河の途中に設けられた運河運搬船用の船着き場だ。

逸見は、おりから吹き付けた寒風にぶるりと身を震わせた。

この季節、運河の表面は白く凍りつき、氷の上を渡る風は生きとし生ける者を氷の世界に引き込もうとしているかのようだ。暖かく、居心地の良いホテル・アドロンの部屋から、雪村に命じられるまま、着替えもそこそこに外に飛び出してきた。こんなことなら、もう一枚中に着てくるんだった。そんな不満がちらりと頭に浮かんだ。

――時間がない。

雪村はそう言って逸見を急がせた。が、ホテルから直接ウルバン荷揚げ場に向かうだけなら時間はまだ充分に余裕があるはずだ。その点を指摘すると、雪村は呆れたように肩をすくめた。

「移動ルートには当然監視がついているはずです。スパイの鉄則は〝不意をつくこと〟です。迂回《うかい》して背後から様子を窺いましょう。それに、相手は武装している可能性が高い。こちらも丸腰というわけにはいきませんからね」

複雑なルートで市街をぐるりと迂回し（「尾行をまくためです」と雪村が途中、逸見の耳元に囁いた）最終的にルイーゼ河岸通りに出た。

　目の前を流れるのがラントヴェァ運河だ。このまま運河沿いに進めば、指定された場所に出る。

「三つ目の入口。五と六の間……」

　雪村は謎のような言葉を呟きながら、運河に面して並ぶ柱廊の間を歩き回っていた。ふいに、ぴたりと足を止めた。両足を軽く開き、油断なく左右を窺いながら、低く声を発した。

「逸見さん、来て下さい！」

　飛び上がるようにして、雪村のもとに駆けつけた。

「私が見張りを務めます。逸見さんは、私の指示通りにお願いします」

　雪村の指示通り、逸見は運河の縁の石畳に腹ばいになった。凍っているとはいえ、淀《よど》んだ運河の悪臭が鼻先に立ちのぼるのが感じられ、思わず顔をそむけたくなる。

「縁に沿って手を伸ばして下さい」

　雪村はおかまいなく、冷ややかな口調で指示を続けた。

「手袋は取って下さい……指先の感覚が重要です」

　仕方なく手袋を脱ぎ、言われた通り凍った石を順に素手で触れていくと、指先にひっかかるものがあった。どうやら石の下に人工的な把手《とって》がついているらしい。把手をひっぱると、石がずるずると抜け落ちた。開いた穴に手を差し入れる。厳重に密封された包みが指先に触れた。

「慎重に！」

雪村の声が頭の上で聞こえた。

危うく取り落としそうになりながらも、逸見は何とか包みを引き上げることに成功した。大きく息をつく。気がつくと、ひどい寒さにもかかわらず、いつの間にか額には大粒の汗が浮かんでいた。

包みを受け取った雪村が、手早く包装を破った。中から姿を現したのは二丁の拳銃《けんじゅう》だ。雪村が慣れた手つきで銃の動作を点検した。満足げに頷いたところを見ると、二丁とも問題なかったらしい。

鼻先に一丁の銃が差し出された。

「持っていて下さい」

反射的に受け取った後で、逸見は改めて手の中の銃に目をやった。ワルサーP38。最近、同じ型の銃を使ったことがある。映画の中でだが――。

「行きましょう」

雪村が小声で呟き、逸見を促すように先に立って歩き出した。


「……こっちです」

壁際に身を潜めた雪村が、逸見を振り返って手で合図をした。

逸見は腰を屈《かが》め、小走りに雪村の隣に駆け込んだ。

雪村が体をずらし、壁のむこう側を覗くよう指で示した。

恐る恐る顔を覗かせると、建物の隙間からちょうどウルバン荷揚げ場が見通せた。脅迫状の送り主が、指定してきた接触場所だ。指定された時間にはまだ十五分ほど余裕がある――。

「いまのところ、怪しい動きはありませんね」と雪村が逸見の耳元で囁いた。「相手が何者なのか、しばらくここで様子を見ましょう」

逸見は無言で何度も小さく頷いた。

雪村が〝待ち伏せ場所〟として選んだのは、運河から少し離れた場所にある工場跡地だった。煉瓦《レンガ》造りの頑強な建物は、現在は使用者もなく、廃屋の様相を呈している。壁は落書きだらけ。ガラスの割れた窓には無造作に板が打ち付けられているだけだ。

逸見は、雪村に見張りを任せ、空を見上げた。

よく晴れた冬の空に利鎌《とがま》のような薄い三日月がかかり、冴え冴《さざ》えとした光を地上に投げかけている。見張りには充分な明るさだ。だが――。

何だってこんなことになったんだ？

逸見は首を傾げた。

ホテルの部屋に謎の脅迫状が届けられた。たしか、それが発端だ。差出人はわからない。気がつくと、ドアの下に差し入れられていた。逸見の秘密をゲシュタポに暴露する。そう書かれていた。そこに雪村が現れた。それまで単なる日本から来た内気な内装業者、映画好きの地味な若者だとばかり思っていた雪村は、脅迫状を一目見るなり、インクの色と文章の単語の並び具合を分析して、脅迫者は〝ソ連のスパイ〟だと看破した。そして「われわれの手で脅迫者を捕まえて、ナチスに突き出すこと。それ以外にこの窮状から逃れるすべはない」と断言したのだ。唖然《あぜん》とする逸見に、雪村は自分は日本のスパイだと打ち明けた。それからは、雪村に指示されるまま、あれよあれよと言う間にこの場所まで引っ張って来られた……。

そこまで考えて、ふいに、コートのポケットの中の拳銃が強く意識された。

ワルサーP38。映画の中で使う偽物ではない。引き金を引けば、実際に人を殺すことができる本物の拳銃だ。

逸見は首を振った。まるで映画の中で役を演じているような感じだ。国際スパイの役を。だが――。

ここはスタジオの中ではない。その証拠に、吐く息が白かった。じっとしていると凍えそうだ。一声かければ、すぐに温かい飲み物を持ってきてくれる映画スタッフたちの姿もどこにも見えない。

「なあ、雪村さんよ」

逸見は、監視を続ける雪村の背後から小声で話しかけた。

「考えたんだが、あの脅迫状はもしかすると偽物なんじゃ……」

しっ、と雪村が振り返り、唇に指を当てて逸見に黙るよう合図をした。目を細め、耳を澄まして、辺りを警戒する様子だ。その顔に、突然、ぎょっとしたような表情が浮かんだ。

「しまった、罠だ。逸見さん、伏せて！」

肩を突き飛ばされ、鼻先からつんのめるように地面に倒れた。

同時に、頭の上で何かが破裂し、煉瓦の破片がばらばらと降り注いだ。

なっ……。

何が起きたのか理解できず、呆然となった。

「あの物陰に！」

雪村に腕を摑《つか》まれ、引きずられるようにして、別の物陰に押し込まれた。

振り返ると、さっきまで二人が隠れていた場所に強い光が当てられていた。サーチライトだ。見る間に、煉瓦の壁に立て続けに銃弾が打ち込まれた。激しく飛び散る煉瓦の破片に、思わず顔を伏せた。

今度はすぐ耳元で銃声が聞こえ、首をすくめた。目を上げると、雪村が物陰から顔を出し、銃で反撃していた。雪村はさらに、二発、三発、と立て続けに撃ち返して、再び物陰に身を潜めた。

「いったいどうなっているんだ？」

逸見は首をすくめ、頭を低くしたまま、隣にいる雪村に訊ねた。

「すみません。私の読みが甘かった。裏をかくつもりが、さらにその裏をかかれました」

雪村が悔しそうに言った。

「おそらく、あの脅迫状はわれわれをおびき出すための罠です。われわれは連中が仕掛けた罠にまんまと嵌《は》まった——こちらの行動パターンは全部読まれていたというわけです」

「罠に嵌まった？　冗談じゃない、この責任はどうしてくれる……」

咎《とが》めるように言いかけて、逸見は途中で言葉を呑み込んだ。

雪村の脇腹辺りのシャツが破れ、血が滲《にじ》んでいる。

「撃たれたのか？」

「いや……大丈夫。かすっただけです」

雪村は自分でシャツの前をはだけ、傷を確認して言った。つられて一緒に覗き込んだ逸見は、はっと息を呑んだ。たしかに傷は大したことはない。弾がかすっただけだ。その代わり、雪村の脇腹には大きな三日月形の古い傷痕《あと》が見えた。

「その傷は？」

「以前、別の任務でね」

雪村はニヤリと笑ってそう答えると、シャツを元通りに整えた。そこにまた銃弾。今度はごく近くの地面が破裂した。

頭を抱えた逸見の隣で、雪村が銃で反撃する。今度はさっきとは別の方角だ。

「しまった、囲まれたか……」

雪村の呟きに、逸見は半泣きになった。

「どうする？　どうしよう？　俺はどうしたらいいんだ？」

「そうですね」

雪村は冷静な声で応《こた》え、辺りを見回した。ふと、その目が止まった。雪村が無言のまま指で示したのは、少し離れた場所にある細い通路の奥、壁に斜めにぶら下げられた一枚の鏡板だった。放置されてかなり時間が経っているのだろう、表面が曇ってもはや鏡とは呼べないほどだ。が、よくよく目を凝らせば、月明かりの中、通路と直角の位置、逸見たちがさっき隠れていた建物の裏手に積み上げられた幾つかの木箱が鏡に映っている。木箱の表面には〝危険　爆薬〟の文字——。

「連中は気づいていません」

雪村が囁くように言った。

「何とかしてあれを爆発させましょう。その騒ぎに紛れて逃げるのです」

「しかし……」

ふいに、強い光が二人を照らし出した。とっさに雪村が銃を撃ち、目が眩《くら》んでいる逸見の肩を抱えるようにして移動した。背後で、何かが破裂するような音が立て続けに聞こえた。危ないところだ。二度、三度、強く目をしばたたかせる。視界が戻ると、サーチライトの目映《まばゆ》い光が消えていた。雪村が放った弾が命中したのだろう。

「今のが最後の一発か」

雪村が舌打ちをした。一瞬首を傾げ、何ごとか思案する様子だったが、逸見を振り返り、静かな声で言った。

「逸見さん、あなたの銃をお借りできますか」

雪村の目に決意が浮かんでいるのが、逸見にも見て取れた。雪村は逸見のポケットに手を入れ、銃を抜き出した。掛かったままの安全装置を外した。

「待てよ、雪村さん。あんたまさか……」

「どうぞご無事で」

雪村はそう言うと、ニコリと笑い、物陰から勢いよく飛び出していった。

「雪村さん！」

呼びかけた逸見の声をかき消すように、立て続けに激しい銃声が響いた。

逸見は思わず顔を伏せた。最後に目にしたのは、雪村が路地に飛び込む姿だ。

次の瞬間、目映い閃光《せんこう》が地面を白く照らし出した。続いて耳を聾《ろう》さんばかりの爆発音。同時に衝撃波が体をびりびりと震わせた――。

顔を上げ、状況を確認した逸見は、一瞬、何が起きたのか訳がわからなかった。

なんだ……？

我が身の危険などいつの間にか忘れていた。逸見はその場に棒立ちになり、冬の夜空に何発もの花火が打ち上げられるのを呆然と眺めていた。

11

何だか夢の中にいるような気がした。もしくはキツネにつままれたような感じが――。

冬の夜空に次々と打ち上げられる花火をポカンと口を開けて眺めていた逸見は、気がつくとゲシュタポに取り囲まれていた。

問答無用で車に乗せられ、ゲシュタポ本部に連行された。抵抗も、口応えも、質問も、一切しなかった。へたなことをすれば、その場で射殺されるだけだ。

冷え冷えとした殺風景な小部屋に手荒くほうり込まれ、しばらく待たされている間に、だんだんと頭がはっきりしてきた。ゲシュタポに関するさまざまな巷の噂——恐るべき拷問手段、裏口から運び出される血まみれの死体、指が必ず何本か欠けている——が脳裏に浮かび、逸見はぶるりと身を震わせた。

しばらくして現れた尋問官に、逸見は自分から洗いざらい本当のことを話した。

昨夕、ホテルに差出人不明の脅迫状が届けられた。ちょうどそこに、こっちで知り合いになった日本人、雪村が現れた。彼は脅迫状を一目見て、ソ連のスパイが関与している可能性を指摘した。二人で脅迫者の正体を暴こうということになり、待ち伏せしていたところ、逆に取り囲まれ、攻撃を受けた。絶体絶命の危機に、雪村が捨て身の作戦を決意。敵の十字砲火をかい潜って、爆薬に火をつけた……。

話しながら、逸見は何だか夢でも見ているような感じだった。しかも、とびきりの悪夢を。

尋問官は無言のまま、心持ち首を傾げて聞いていたが、逸見の打ち明け話が終わると、改めて机の上に両手を載せて訊ねた。

「いくつか質問がある」

「……なんでしょう?」

「貴様の話が本当だという証拠は？　その脅迫状とやらは、今どこにある？」

逸見は眉を寄せた。たしか、ホテルを出る際、雪村が「これは私が預かっておきます」そう言って、まとめてポケットにいれたはずだ。証拠はない。

正直に答えると、尋問官は呆れたように鼻を鳴らし、続けて訊ねた。

「脅迫のネタは何だったんだ？」

それは、と逸見は一瞬言葉につまり、すぐに答えた。

「宣伝省から任されている新作映画の製作費用を、私が私的に流用しているというものです。もちろん、誤解です。脅迫状の送り主は証拠を捏造《ねつぞう》して……」

尋問官は手を振って逸見の言葉を遮った。さらに質問を続けた。

「ユキムラというのは何者だ？　〝脅迫状を一目見て、ソ連のスパイが関与している可能性を指摘した〟だと？　日本人はみんなそんなことができるのか」

「いえ、雪村さんは……彼は、何と言うか……」

逸見は口ごもり、視線を落とした。〝軍の機密事項です。他言無用でお願いしますよ〟。確かそう言われたのではなかったか？　だが――。

ちらりと目を上げ、盗み見ると、尋問官の氷のような視線とぶつかった。南無三《なむさん》。口の中で唱えた。くそっ、かまうものか。こっちは命が懸かっているのだ。

「雪村さんは日本軍のスパイでした。本物のスパイ……」

逸見が言い終わらぬうちに、尋問官の唇の端が妙な角度に引き上げられた。

「なるほど、ヘル・ユキムラは日本軍のスパイ。だとすれば、仕方あるまい。彼は任務のために命を落としたのだからな」

命を落とした？　雪村が？

逸見は唖然とした。そう言えば、雪村がどうなったのか考えてもいなかった。てっきり無事に逃げたとばかり思っていたのだが——。

「現場から日本人らしき死体が発見された。ヘル・イツミ、これからあなたに身元を確認してもらいたい」


混乱したまま、地下にある死体置き場に連れて行かれた。

身元の確認を、と言われたが、遺体には白い布がすっぽりと被《かぶ》せられていて、顔の部分は見られなかった。

「残念ながら、爆発で顔が半分吹き飛んでしまってね」

死体置き場に長く住んでいるような白衣の老人が、感情を感じさせぬ平板な声で説明した。

「だが幸い、左手が無傷で残っていた。日本大使館から採取した指紋と死体の指紋とが一致したのでまず間違いないと思うが、念のためだ。ヘル・ユキムラの体には本人確認ができるような、何かはっきりとした特徴はなかったかね？」

さっき取調室でしばらく待たされたが、どうやらあの間に日本大使館から指紋を採取してきたらしい。逸見は眉を寄せ、思い出した。

銃撃を受けたさい、雪村が撃たれた傷の確認のためにシャツをめくった。雪村の脇腹に古い三日月形の大きな傷痕が見えた。以前の任務で負った傷だと言っていた……。

そう告げると、白衣の老人は満足げに頷き、白い布をめくって逸見に見せた。

「この傷痕かね？」

逸見はゴクリと唾を呑み込んで、答えた。

「……間違いありません」

「決まりだな」

ふたたび白い布で覆われた遺体を呆然と眺めていると、突然、両側から腕を取られた。長い廊下を引きずられ、建物の裏口から乱暴に外にほうり出された。凍った地面で足を滑らせ、尻餅《しりもち》をついた。

「さっきゲッベルス閣下から命令があってな。〝命だけは助けてやれ〟だとよ。……ちぇっ、つくづく運のいい野郎だぜ。さっさとどこにでも行っちまえ」

逸見をほうり出した屈強な体つきの男は、いかにも残念そうな顔でそう言うと、叩《たた》きつけるようにドアを閉めた。

逸見は慎重にその場に立ち上がった。したたか打ち付けた尻が痛かった。が、生きている。首も、手足も折れていない。指も十本揃ったままだ——幸い、と言うしかあるまい。

どうなっている？

逸見は首を傾げた。

少なくとも、映画製作費横領疑惑については不問に付されたようだ。さもなければ、ゲシュタポ本部を生きて出てこられるはずがない。

いずれにしても、潮時だった。ゲッベルス閣下の気が変わらないうちに、この街から姿を消すに如《し》くはない……。

通りに出た逸見は、最初に目についた店のショーウィンドウに自分の姿を映して身だしなみを確認した。乱れた髭を指先で丁寧に整えながら、頭の中に世界地図を広げた。

アメリカはだめ。日本もだめ。ヨーロッパはどこへ行っても、この先雲行きが怪しい。となると——。

髭を整える指がぴたりと止まった。

南半球はどうだ？

以前、旅の途中で立ち寄ったことのある港町が頭に浮かんだ。ヨーロッパ風の、それでいてエキゾチックな町並み。向こうにいる知り合いの話では、戦争続きの欧州向けに食料や物資を輸出して儲《もう》けた金で、最近はずいぶんと派手にやっているらしい。映画の需要もあるのではないか？

気がつくと、耳の奥で、バンドネオンが奏でる独特の哀愁のある調べが流れ出していた。考えてみれば、重厚悲壮なワーグナー・オペラなどより、よほど自分に似合っている気がする……。

よし、決めた。次の目的地はアルゼンチンだ。あてなどないが、行けば何とかなる。きっと向こうでは、目を瞠るような美女たちが待っているに違いない！

逸見はショーウィンドウの中の自分に向かって一瞬ポーズを決め、背筋を伸ばして通りを歩き出した。

12

――手間をかけさせやがって。

雪村と背中合わせに座った男は、指向性を絞った低い声でそう言うと、何ごともないように新聞を広げた。

ドイツ北西部の田舎町ブレーメルハーフェン。

北海に面したこの街ではいたるところで潮の気配が感じられる。

雪村は海を見下ろす高台の四阿《あずまや》に腰を下ろし、着膨《きぶく》れした地元の子供たちが雪遊びに興じる様を眺めていた。

背後の男が新聞をめくる一連の動作の間に、振り返ることもなく封筒を差し出した。雪村は自然な動作で封筒を受け取り、すばやくポケットに収めた。封筒には新しい旅券と、その旅券に記された人物の偽の経歴《カバー》が入っているはずだ。

――今回の一件はこちらの貸しだ。忘れるな。

男の低い声に、雪村は相変わらず雪遊びに興じる子供たちに目をむけたまま、肩をすくめて応えた。

たしかに今回の一件では、彼らの世話になった。

背後の男はドイツに潜入するもう一人の日本軍のスパイ——雪村のような短期任務ではなく、ドイツで独自の情報網を築き上げ、集めた情報を日本に送る〝長期潜入者〟だ。

雪村は男に連絡を取り、自分と同じ背恰好《かっこう》の身元不明のアジア人の死体を用意するよう依頼した。死体の指紋を採取して、大使館にわざとその指紋を残した。用意した死体の脇腹に古い大きな三日月形の傷痕があったのは偶然だ。が、スパイにとって偶然は利用するために存在する。雪村は自分の脇腹に同じ形の傷痕を偽装し、騒ぎの中で「過去の任務で負った傷だ」と言って、わざと逸見に見せた。爆発現場から発見された〝顔のない死体〟は、指紋と大きな古い三日月形の傷から雪村当人と認定されるはずだ。

だが、そこまではいわば予定通りだ。今回の任務を命じられた時点で、雪村幸一は最初からドイツで姿を消すことになっていた。そのことは相手の男にも伝えられていたはずである。男の任務は、内装業者としてドイツに入国した〝雪村幸一〟が自然な形で姿をくらませるよう段取りを手伝うこと。だから、男が言った〝貸し〟とは、そのことを指しているのではない。

——スパイがあんな派手な騒ぎを起こすなんて、前代未聞だ。

背後の男が、皮肉な口調で言った。

——ウーファに出入りしているうちに、映画にかぶれたか。

辛辣《しんらつ》な言葉とは裏腹に、男は事態を面白がっている様子だ。

雪村は覚えず苦笑した。

映画にかぶれた。

言われてみれば、確かにそうだ。

雪村があえて派手な騒ぎを起こした理由は、若き天才ユダヤ人映画監督、フィリップ・ランゲに会ったからだ。

雪村は、逸見五郎がゲッベルスに対してとっさに口にした言い訳――幽霊話――から、日本大使館の鏡の裏の秘密の小部屋と、さらにそこに匿われていたフィリップ・ランゲの存在を暴き出した。

あの夜、ランゲを信奉するウーファの映画スタッフたちに囲まれた雪村は判断を迫られた。ランゲはいわばナチスのお尋ね者だ。身柄を当局に引き渡せば、それで片がつく（周囲の映画スタッフ数名をまとめて取り押さえることなど、スパイとしての訓練を受けた雪村にとっては何でもないことだった）。

雪村は顎を捻り、ひょいと思いついて、ランゲに訊ねた。

「貴様が撮った映画を観られるか？」

自分でもなぜあんなことを訊いたのかわからない。が、雪村の言葉を聞いたランゲと彼の映画スタッフたちは、一瞬顔を見合わせ、すぐに喜々として即席の上映会の準備を始めた。

大使館の白壁を使って上映されたランゲの作品は、なるほどナチス宣伝大臣ゲッベルスを激怒させるだけのことはあった。映画は、ナチスの非知性的暴力的な本質を見事にとらえ、しかも娯楽性のある作品に仕上げられていた。滑稽《こっけい》であり、美しかった。なにより雪村は、ランゲの映画をもっと観たいと思った。

ナチス・ドイツは日本の軍事同盟国だ。表立って彼らの方針に逆らうことは不可能。しかし——。

彼の映画を観てしまった以上、フィリップ・ランゲをナチスの手に渡すわけにはいかなかった。

あの日、ゲッベルスがリーフェンシュタールを伴ってウーファ撮影所を訪れたのは、ランゲを捜すためだ。ウーファ撮影所のスタッフの中には、ナチスの反ユダヤ主義に共鳴する者も数多く存在する。あるいは時の権力者にすり寄る者たちが。映画スタッフたちがランゲを匿っているという噂を誰かが小耳に挟み、ゲシュタポに密告した。その結果、ナチス宣伝大臣ゲッベルスが直々に撮影所を訪れることになったというわけだ。「ここに本来いるはずのない人物が、なぜかここで目撃されている。だとすれば、それは幽霊と呼ぶほかない」。ゲッベルスは映画スタッフたちにわざと聞かせるようにそう言った。〝ランゲを匿っても無駄だ。彼はすでに死んだ人間なのだ〟と、スタッフたちに脅しをかけた。実際、あれで何人もの映画スタッフたちが震え上がった。

ゲッベルスはランゲの作品が持つ影響力をもっとも良く知っている。同時に、その危険性もまた。ランゲがユダヤ人強制収容所に送られれば、二度と再び彼の作品を観ることができなくなる――。

雪村はランゲを逃がすことにした。

〝映画にかぶれた〟と言われても仕方がない。

だが、現在ベルリンを出入りする者には、昼夜を問わず、徒歩、列車、車両、いずれの交通機関でも、ゲシュタポの厳しいチェックが課せられている。ことにランゲは、宣伝大臣ゲッベルスが直々に指名手配を厳しく命じた〝お尋ね者〟だ。ひそかに連れ出そうとしても、ゲシュタポの目を逃れられるとは思えない。ならば――。

極秘の作戦が通用しないのなら、思いきり派手にするまでだ。

逸見を巻き込んだ偽の〝スパイごっこ〟は、雪村とウーファの映画スタッフたちによる自作自演だった。脅迫状も、運河の石畳の下の拳銃も、見えない場所から飛んでくる銃弾も、路地の奥の鏡も、最後に打ち上げられた花火も、すべて周到に仕組まれた空騒ぎだ。

灯火管制が敷かれた暗い冬の夜空に、突然、立て続けに花火が打ち上げられれば、人は必ず空を見上げる。その一瞬だけは、必ず手元から注意が逸《そ》れる。

例えば、花火が打ち上げられた荷揚げ場近く、ヘルマン広場に並ぶトラックの列を検問していたゲシュタポたちの目もまた一瞬空に向けられるはずだ。検問途中の一台のトラックの荷台に木箱が積み重ねられている。木箱の中身は、リンゴ、ジャガイモ、テンサイなどだ。しっかりと釘《くぎ》付けされ、たった今〝検査済み〟の印を押されたばかりの木箱の一つに巧妙な細工――箱が横に開く――が施されている。もし花火が打ち上げられる正確な時間が予《あらかじ》めわかっていれば、そしてもし周囲にいる通行人たち全員の息の合った協力があれば、たまたまトラックの側を通りかかった一人の人物を一瞬のうちに木箱に潜り込ませ、元通り蓋をすることも不可能ではない。

ランゲは、トラックの荷台に積まれた木箱に隠れてベルリンを脱出した。今頃は中立国の国境を越えた頃だろう。そこから先は、アメリカのユダヤ人グループが彼を引き受けてくれることになっている。

雪村はランゲの神経質そうな細面《ほそおもて》の顔を脳裏に思い浮かべた。

あの頼りなげな貧相な小男が、映画芸術の世界では美の女神《ワルキューレ》——彼女たちに選ばれた〝真の勇者〟だけが楽園《ヴァルハラ》に入ることを許される——に心から愛されていると考えると、何だか不思議な感じだった。

「こちらとしては、指示どおり任務を遂行したまでだ」

雪村はわざと話題を逸らし、とぼけた口調で言った。

「〝ナチスの金を使い込んで面倒なことになる前に、逸見をドイツから引きあげさせろ〟。そっちがそう言ったんだ」

——ほざけ。

背後の男は短くあざ笑い、すぐに、

——狙いは報道機関か?

切りつけるような、容赦のない口調で訊ねた。

やはり見抜かれていたか。

雪村はかすかに肩をすくめた。

〝灰色の小さな男《グレイ・リトル・マン》〟。それがスパイ本来のあるべき姿だ。雪村が今回あえて派手な作戦を決行したのは、本当のことを言えば、ランゲのためだけでも、ましてや逸見をドイツから引きあげさせるのが目的でもなかった。

政権掌握後、ナチスはドイツ国内の報道を完全に統制している。逆に言えば、ドイツ国内で報じられる情報を分析すれば、彼らの方針が見えてくるはずだ。今回の作戦で雪村は、逸見を使ってソ連のスパイが暗躍している可能性をゲシュタポに示唆した。ゲシュタポの取り調べに対して逸見は——何しろ目の前で雪村が殺されたのだ——本気で「脅迫者、イコール、ソ連のスパイ説」を必死に訴えたはずだ。

ゲシュタポの取り調べに対して、逸見はおそらく自分から雪村が日本軍のスパイだったと喋《しゃべ》ったに違いない——それも計算のうちだった。

灯火管制下の冬の夜空に突然花火が打ち上げられた。事件はベルリン市民のほぼ全員が目にしている。無視はできない。あとはゲシュタポから報告を受けた宣伝省が各報道機関に対して今回の一件をどう報じさせるのか、詳しく分析すれば、ナチスの今後のソ連に対する方針、さらには対日政策が垣間《かいま》見えてくるはずだ。

それが今回の派手な作戦の本当の目的だった。見方によっては、雪村は逸見を二重三重に利用したことになる。が、その一方で雪村は、逸見がゲシュタポから無事に解放されるよう事前に手を打ってあった。具体的には、逸見が流用した映画製作資金を補塡《ほてん》し、もともと横領などなかったように帳簿を改竄《かいざん》しておいたのだ。さらに、新進女優マルタ・ハウマンに接触し、ゲッベルスに取り入るよう彼女を誘導した。日本人の逸見がゲシュタポに〝殺され〟れば日独関係に無用な雑音《ノイズ》が入る。そんな事態だけは何としても避けなければならなかった。

だからそれはいい。そんなことはともかく――。

ナチスの今後の方針より、問題はむしろ日本国内の方だ。

雪村は眉を寄せた。

ベルリンに来て、はっきりしたことがある。ナチスは日本大使館に盗聴器など仕掛けてはいなかった。盗聴器など必要ではなかった。なぜなら、駐独大使自身がナチス・ドイツの信奉者であり、ナチスに対する人間盗聴器の役割を果たしていたからだ。

現在本国に召還中の駐独日本大使は、元ドイツ大使館付き武官。日本帝国陸軍所属の将校だ。〝軍人は政治をやりたがる。政治家は戦争をやりたがる。そして、どちらも必ず失敗する〟。だが、それにしても、陸軍の現役軍人が外国の大使に任命されるのは極めて異例だ。〝ドイツ通《つう》〟。それが任命理由だったらしいが、結果から判断すれば、人事に別の力が働いたとしか思えない。日本国内――しかも大使任命権を持つ重要な人物の身近に、ドイツのスパイが潜んでいる。ナチスは、自国のスパイを各同盟国の権力中枢に送り込み、機密情報を収集するのみならず、さまざまな手段を用いて自国に有利になるよう大使人事に影響力を及ぼしているということだ……。

駐独日本大使は現在、本国で聞き取り調査を受けている。中間報告書を読む限り、彼はまるで日本ではなくドイツのために働いているかのようだ。日本の外交機密を他国に漏らした以上、大使更迭《こうてつ》は免れ得まい。だが、日本国内に潜むナチスのスパイの影響を一掃できなければ、またぞろ彼が、もしくは彼と同じような人物が、駐独大使に任命される事態になりかねない。日本のためではなく、ドイツのために喜々として働くような人物が。

——貴様、あれで日本まで行くつもりか。

男の言葉に、雪村はハッと我に返った。目を細め、眉を寄せた。あれだと？　まさか……。

——鉄の棺桶《かんおけ》だ。とても正気の沙汰《さた》とは思えないな。

嘲《あざけ》るような調子の男の言葉に、雪村はとっさに殺気を覚えた。上官の言葉が耳元に甦《よみがえ》った。

〝最高度の極秘任務だ。誰にも知られてはならない〟。たとえ相手が同じ日本のスパイだとしても……。

——やめておけ。

背後の男が、雪村が発する殺気に油断なく身構えながら低く囁いた。

——やり合えば、お互い無傷では済まない。こんなドイツの田舎町で、日本人同士刺し違えても仕方あるまい。

雪村は一瞬迷った後、体に込めていた力を抜いた。

互いの殺気で張り詰めていた空気が緩み、目の前で遊ぶ子供たちの歓声がふたたび聞こえるようになった。

伊号《いごう》潜水艦による欧州航路の開拓。

それこそが、今回雪村がベルリンに派遣された真の目的だった。

〝ドイツ側には絶対にこちらの動きを気取られるな〟

日本を出る際、雪村は上からそう強く念を押された。敢えて幾つもの任務を同時に引き受けたのは、真の目的である潜水艦任務からドイツ側の目を逸らすための隠れ蓑《みの》、いわば目くらましだ。

——鉄の棺桶に入る前に教えてくれ。

背後の男が、また嘲るような口調に戻って尋ねた。

——日本帝国海軍から派遣されたスパイとして、貴様はこんにちのベルリンの状況をどう見た？　日本に帰って、上になんと報告するつもりだ？

雪村は少し考え、低い声で答えた。

「ナチスの宣伝政策は早晩破綻《はたん》する。優れた才能をもった映画人を、彼らがユダヤ人であるという理由で追放した時点で、ナチスの宣伝政策の負けは決まったも同然だ。ドイツを逃れ、あるいは追放された映画人たちは今、アメリカのハリウッドに集結している。今後彼らが作る反ナチス・プロパガンダ映画は、ナチス映画などよりはるかに巧妙に世界の人々を魅了するだろう。ラングの作品のようにだ。どんな形にせよ、国家が文化に関わるとろくな結果にならない——それが俺のベルリン報告だ」

ふん、と男が背後で鼻を鳴らした。雪村が口にしなかった結論——「海軍として、これ以上ドイツと組んで欧州の紛争に手を突っ込むことは反対。ひどい火傷《やけど》を負うことになりかねない」——を正確に読み取った上での反応だろう。

「それで、貴様は？」

雪村は逆に男に尋ねた。

「日本帝国陸軍から派遣されたスパイとして、貴様はこんにちの欧州状況をどう見ている？」

一瞬の間があった後、男がニヤリと笑う気配が伝わってきた。

——教える義理はないね。

男の返事に、雪村は苦く笑った。

たしかにそうだ。

日本の陸海軍は情報を共有しない。むしろ互いに情報を隠し、隙あらばお互いを出し抜こうとしているくらいだ。情報を教える義務はない。逆に男の誘導尋問にうっかり答えたのは雪村のミスだ。

いや、そうではない。

雪村はゆっくりと背後を振り返った。

彼が陸軍のスパイ……暗号名はたしか〝マキ〟……。

新聞を広げる男の冷ややかな横顔に、雪村は目を細めた。

日本帝国陸軍の諜報《ちようほう》機関はこの数年で一新された。

日本の陸軍は伝統的に、幼年学校から叩き上げの軍人のみを極度に重用することで、閉鎖的、排他的な集団を形成してきた。結果として、陸軍の前近代的な硬直ぶりは甚《はなは》だしく、中でも陸軍内部で〝最高のエリート集団〟といわれる陸軍参謀本部の近視眼的なものの見方は、海軍の間でしばしば嘲笑《ちょうしょう》の対象となってきたほどだ。

ところが、数年前、日本帝国陸軍内で異変が起きた。ある陸軍中佐が諜報機関を新たに設立。彼は優秀な人材を軍外の社会からスカウトしてくると、それまで〝地方人〟と呼ばれて相手にされてこなかったその者たちに、まったく新しいスパイ教育を施した。彼は周囲の圧力をすべてはねのけ、旧態依然とした陸軍の諜報システムをたった一人で根こそぎ作り替えてしまったのだ。魔王。D機関。そんな単語が海軍にも漏れ聞こえてきている。彼らのモットーは〝心臓が動いているかぎり、必ず生きて情報を持ち帰ること〟だという。

雪村は目を閉じた。

鉄の棺桶。

陸軍のスパイである男はそう言った。

日本海軍の秘密兵器〝伊号潜水艦〟はまだ開発途上だ。今回の潜水艦任務で日本まで無事に生きて帰れる保証はない。だが、雪村はスパイであると同時に、否、それ以前に海軍の人間だった。軍人にとって命令は絶対。軍の命令は生死に優先する。軍外の人間をスカウトしてスパイ機関を作り上げた陸軍諜報機関とは、その一点において決定的に異なっている。

今回の伊号潜水艦による日本への極秘航海は、日本海軍の命運をわける一大プロジェクトだ。成功すれば、海面下でのドイツ海軍絶対的優位の前提を崩すことができる。開発途上の潜水艦での航海中に死ぬかもしれない。それは仕方がない。軍人である以上、任務中の死は付き物だ。だが、死ぬ前に、自分がスパイとして収集分析した情報だけは誰かに託したかった。分析結果を役立ててほしかった。だから、わざと男の誘導尋問にひっかかったふりをして答えた……。

目を開け、首を振った。

噂では、D機関の連中はみな恐ろしく優秀だという。もしかすると相手の男は、雪村の分析情報などとっくにお見通しで、その上で同じスパイとして死に水を取るつもりで敢えて訊いたのかもしれない。ベルリンでの手際の良さを考えれば、そのくらいのことはやりかねない。だが——。

少し遅い。

雪村はもう一度首を振った。

日本は、もはや手の施しようがないところまで来ている。

それがベルリンに来て、雪村が抱いた偽らざる感想だった。

日本の大使人事が、日本の利益と相反する形で何者かによって決められている状況だ。たとえ機密情報を収集し、正確な分析結果を伝えたとしても、それを用いるべき政治家たちは愚かで、陸海軍の上層部はいずれも頑迷極まりない。D機関の連中がいくら優秀なスパイだとしても、この絶望的な状況を引っ繰り返して、日本に有利な落としどころを見つけることができるとは、どうしても思えなかった……。

男が読んでいた新聞を畳んで、ベンチから腰を上げた。軽く左右を見回し――結局雪村の方は一度も見なかった――そのまま別れの言葉もなく立ち去った。

二度と会うことはないだろう。

それがスパイの宿命だ。

雪村は、男がベンチに残していった新聞に手を伸ばした。

一面の記事は、ドイツ各地で行われたクリスマスの行事だ。賑《にぎ》やかな祝祭。プレゼントを抱えた子供たちの笑顔が見える。戦争が行われている気配など、まるで感じられなかった。

少なくとも今はまだ――。

雪村は新聞を元のように畳むと、ベンチに手をつき、空を見上げた。低く垂れ込めた雪雲の合間から、珍しく冬の青空が見えた。潜水艦に乗れば、こんな光景もしばらくは見ることもないだろう。周囲では子供たちが歓声を上げ、飽きずに雪遊びを続けている……。

――さて、と。

雪村は空に目をむけたまま、口の中で小さく呟いた。

――日本に無事に帰れたら、映画でも観に行くとするか。

ベンチから立ち上がり、一つ、大きく伸びをして四阿《あずまや》を後にした。

「アジア・エクスプレス」執筆に際して「株式会社　愛鳩の友社」に、また「舞踏会の夜」執筆に際しては「公益財団法人日本ボールルームダンス連盟」の栗本みよ子氏、並びに「アメリカンセンターJapan」にご協力を賜りました。ここに感謝を捧げます。

初出

アジア・エクスプレス　「小説 野性時代」二〇一五年一月号
舞踏会の夜　「小説 野性時代」二〇一四年十一月号
ワルキューレ（前篇）　「小説 野性時代」二〇一四年九月号
ワルキューレ（後篇）　「小説 野性時代」二〇一四年十月号

柳　広司（やなぎ　こうじ）

1967年生まれ。2001年、『黄金の灰』でデビュー。同年、『贋作「坊っちゃん」殺人事件』で第12回朝日新人文学賞受賞。09年、『ジョーカー・ゲーム』で吉川英治文学新人賞と日本推理作家協会賞をダブル受賞。他の著書に『ダブル・ジョーカー』『パラダイス・ロスト』『トーキョー・プリズン』『新世界』『はじまりの島』『ロマンス』『漱石先生の事件簿　猫の巻』『虎と月』『怪談』『ナイト＆シャドウ』などがある。

ラスト・ワルツ

平成27年1月20日　初版発行

著者　柳《やなぎ》　広《こう》司《じ》
発行者　堀内大示
発行所　株式会社KADOKAWA
〒102-8177
東京都千代田区富士見2-13-3
［電話／営業］03-3238-8521
編集　角川書店
〒102-8078
東京都千代田区富士見1-8-19
［電話／編集部］03-3238-8555
印刷所　大日本印刷株式会社
製本所　本間製本株式会社

ISBN978-4-04-102137-8C0093
http://www.kadokawa.co.jp/

柳 広司の角川文庫

ジョーカー・ゲーム

結城中佐の発案で陸軍内に設立されたスパイ養成学校〝D機関〟。殺人及び自死は最悪の選択肢——これが、結城が訓練生に叩き込んだ戒律だった。軍隊組織の信条を真っ向から否定する〝D機関〟の存在は、当然、猛反発を招いた。だが、「魔王」——結城中佐は、魔術師の如き手さばきで諜報戦の成果を上げ、陸軍内の敵をも出し抜いてゆく。吉川英治文学新人賞&日本推理作家協会賞W受賞の超話題作。

ISBN　978-4-04-382906-4